KB109696

살아가는 책

이은혜

마음산책

살아가는 책

책은 삶이 되고 너는 내가 된다

1판 1쇄 발행   2023년 2월 20일
1판 3쇄 발행   2023년 3월 20일

지은이   이은혜
펴낸이   정은숙
펴낸곳   마음산책

편집   성혜현 · 박선우 · 김수경 · 나한비 · 이동근
디자인   최정윤 · 오세라 · 차민지
마케팅   권혁준 · 권지원 · 김은비
경영지원   박지혜

등록   2000년 7월 28일 (제2000-000237호)
주소   (우 04043) 서울시 마포구 잔다리로3안길 20
전화   대표 | 362-1452   편집 | 362-1451
팩스   362-1455
홈페이지   www.maumsan.com
블로그   blog.naver.com/maumsanchaek
트위터   twitter.com/maumsanchaek
페이스북   facebook.com/maumsan
인스타그램   instagram.com/maumsanchaek
전자우편   maum@maumsan.com

ISBN   978-89-6090-797-3 03300

* 책값은 뒤표지에 있습니다.

생을 얼마간 앞질러 산 사람들을 보면
내 미래의 한 조각을 엿보는 듯
그를 향한 질문이 떠오른다.

일러두기

1. 외국 인명, 지명, 독음은 외래어 표기법을 따르되 관용적 표기와
   동떨어진 경우 절충하여 실용적 표기를 따랐다.
2. 국내에 소개된 작품명은 번역된 제목을 따랐고, 국내에 소개되지 않은
   작품명은 우리말로 옮겨 적고 원제를 병기했다.
3. 편명은 「 」, 책명은 『 』, 곡명·매체명 등은 〈 〉로 묶었다.
4. 인용문 내 소괄호 내용은 이해를 돕기 위해 필자가 첨언한 것이다.
5. 책에 나오는 사람 이름은 실명도 있고 가명도 있다.

책, 한 권의 버겁지만
귀한 타인

제 1, 2차 세계대전 사이에 이탈리아 산피에트로도 리오섬에 한 남자가 살았다. 그는 잡초 속에서 염소를 치며 사람들이 있는 곳은 어디든 절대 가려 하지 않았다. 삶을 견디려면 "너무나도 버거운 타인의 존재를 비워내야 한다는 것을 그는 깨닫고 있었던 모양"이라고 클라우디오 마그리스는 『작은 우주들』에서 말했다. 그와 정반대로 타인 없이는 횅한 자신을 버틸 수 없는 사람도 있다. 나는 주로 책 속에서 사람을 만나는 직업이라 밤이든 주말이든 될 수 있으면 방에서 나오지 않으려 한다. 책이 한 권의 귀한 타인이기 때문이다. 그러나 하루 이틀 일주일이 지나면 방문 틈으로 한기가 점점 스며 체온을 떨어뜨린다. 누군가와 살을 맞대고 있지 않다는 걸 깨닫고 몸을 덥히려 방을 빠져나온다. 책이 사람을 대신할 순 없었던 것이다.

책을 읽으면 누구나 자기 기억과 맞닥뜨리고, 기억속 매 장면에는 배우들이 등장한다. 그들은 나를 둘러싸고 있으나 나는 언제나 조연이다. 한 배우가 다가와 손잡고 포옹하더니 이내 어깨를 흔들고 혀를 차며 떠난다. 얼마 후 새로운 배우가 나타나 가진 걸 하나둘 꺼내 주다가 주머니가 비자 다시 강가로 가 매끄러운 조약돌을 채워 와 손에 쥐여준다. 그러고는 오래 곁에 머문다. 이들 중 누구는 통통하고 귀여우며, 누구는 머리숱이 없고 키가 작지만 근사하다. 이 무대의 연출가는 지금 내가 읽고 있는 책의 저자로, 그는 기억을 헤집어 다리가 두꺼운 여자, 딸의 뺨을 때리는 엄마, 너 없이 못 살겠다는 남자, 2층에서 뛰어내려 자기 팔을 부러뜨리는 여자를 등장시킨다. 배우들은 책에서 빠져나와 삶을 살고, 다시 의미를 얻어 문장 속에 담긴다. 이것이 바로 내가 책을 읽는 방식이었다. 읽고, 현실로 끄집어내고, 다시 글 속으로 넣었다.

많은 책은 알레고리와 상징을 품고 있다. 그래서 해석의 여지가 풍부한데, 여기 실린 글들은 작품 해석보다는 삶과 책이 서로를 투과하는 방식으로 쓰였다. 그런 까닭에 이를테면 올가 토카르추크의 『태고의 시간들』은 비평적 입장에서 볼 때 숱한 해석의 여지를 담고 있음에도 여기서는 그것을 끌어내지 않았다(못했다).

나는 오랫동안 읽기만 하던 독자에서 최근 쓰는 쪽으로 조금씩 건너왔다. 쓴다는 것은 자신을 허물어뜨렸다가 재구축하는 과정이다. 허물다 보면 스스로가 한심해지지만, 구축하다 보면 못생기고 헐거운 자신도 견딜 만해진다. 그건 좋은 면모를 가진 타인들이 내 속에 들어와 계속 뒤엉키기 때문인데, 나는 네가 되고 너는 내가 되는 것이 바로 이 책이 쓰이는 과정이었다.

　"삶이 반드시 나의 글쓰기인 것은 아니지만 글쓰기는 필연적으로 나의 삶이다." 옌롄커가 『침묵과 한숨』에서 한 이 말이 나와 독자인 당신에게도 해당되는 날이 올까. 읽는 데서 나아가 필연적으로 나의 삶이 될 글쓰기를 향해 한발 한발 같이 내디뎠으면 좋겠다.

　　　　　　　　　　　　　　　　2023년 봄
　　　　　　　　　　　　　　　　이은혜

차례

머리말   책, 한 권의 버겁지만 귀한 타인   7

1
사
랑
의
기
억

고슴도치의 증오와 사랑   19
서보 머그더, 『도어』

희망은 무엇보다 새로운 사람들과의 만남   25
시어도어 젤딘, 『인간의 내밀한 역사』

몸속 깊숙이 침투한 에로틱한 사랑이 공적 감정이
되기까지   33
마사 C. 누스바움, 『감정의 격동: 사랑의 등정』

겉돌지 않고 낙관 혹은 비관 쪽으로   43
데버라 리비, 『살림 비용』

핏빛 모국어를 버리기   49
아글라야 페터라니, 『아이는 왜 폴렌타 속에서 끓는가』

2
시간이 우리를 내려다본다

우리는 풍경 속에 위치하고 시간 속에 놓인다   57
캐슬린 제이미, 『시선들』

너희는 우리보다 오래 살아남아야 해   63
리처드 파워스, 『오버스토리』

어떤 몸과 돌이 될 것인가   70
리처드 세넷, 『살과 돌』

산책하는 걸음 하나하나가 시 쓰기   77
한정원, 『시와 산책』

인간을 부러뜨려 공동묘지로 돌려보내는
전쟁의 시간들   83
올가 토카르추크, 『태고의 시간들』

판자를 붙잡은 난파자, 물속으로 한발 들어가는 구경꾼   89
한스 블루멘베르크, 『난파선과 구경꾼』

3

타자와 기억

먼지나 공기처럼 부유하는 아름다운 소우주들　99
클라우디오 마그리스, 『작은 우주들』

얕은 관계가 망치는 삶과 기억　105
윌리엄 트레버, 『펠리시아의 여정』

자기 비하에 빠지는 책 읽기　111
줄리언 반스, 『예감은 틀리지 않는다』

여행에서 모은 잡동사니, 천 조각, 폐지　117
이탈로 칼비노, 『보이지 않는 도시들』

4

나 자신에게서 멀어지기

질서와 이름 속에 포함되지 않는 빛나는 존재　127
룰루 밀러, 『물고기는 존재하지 않는다』

잃으면 넓어진다　135
리베카 솔닛, 『길 잃기 안내서』

내게 없는 몸을 향한 읽기와 동경　141
안 그루에, 『우리의 사이와 차이』

짐을 꾸려 우리 최악의 자아를 떠나　148
레슬리 제이미슨, 『공감 연습』

자아를 치유하는 형식 되찾기　156
한병철, 『리추얼의 종말』

자기 자신에서 가장 멀어지고 타자화되는 질병　161
앤 보이어, 『언다잉』

5
늙어간다

당신도 나도 바스러진다   169
디노 부차티, 『타타르인의 사막』

더 이상 젊지 않은 사람들을 위한 책   174
장 아메리, 『늙어감에 대하여』

시대와 엇박자를 낼 것   181
에드워드 W. 사이드, 『말년의 양식에 관하여』

차가운 현재와 미래보다는 과거로   188
존 밴빌, 『바다』

맺음말   낭비하고 우회하기   197
참고 문헌   201

나는 누군가를 많이 좋아하면
그의 시원을 찾아 거슬러 올라가고 싶어진다.

1

사랑의 기억

"사랑과 거리를 둔다는 건 위험 부담이 없는 삶을 산다는
　의미다. 그런 삶을 살아 뭐 해?"

　　데버라 리비,『살림 비용』

"날 그냥 어머니라고 생각해요. 원한다면. (…) 이유는
　나도 모르겠어요. 하지만 가슴에 사랑이 넘치는 걸 어떡해.
　온 세상을 안아주고 싶은데."

　　엘리자베스 로즈너,『생존자 카페』

고슴도치의 증오와 사랑

서보 머그더, 『도어』

　　이것은 사랑 이야기다. 사십대 중반의 나처럼 중년
에 들어선 사람들이 꿈꾸는 종류의 사랑. 독자라는 존재는
늘 책에서 얻은 메시지 혹은 진실처럼 느껴지는 것을 책 바
깥인 '실생활'에서 확인하고 싶어 한다. 빗자루질을 하고
식당 설거지를 하며, 몸져누운 이들에게 죽을 먹이고 용변
을 받아내는, 문자와 가능한 한 멀리 떨어져 있는 사람들의
삶 속에서.

　　서보 머그더의 『도어』에는 작가인 '나'와 우리 집 살
림을 도맡아 해주는 에메렌츠가 등장해 책 전체를 팽팽한
긴장감으로 채운다. '나'는 늘 책상에 앉아 원고 마감을 해
야 하기에 집안일에 신경 쓸 수 없다(그건 나의 영역이 아니
다). 다행히 에메렌츠는 책 근처에도 가지 않는 사람이어서
그녀는 세상을 쓸고 닦아야 할 먼지와 돌봐야 할 사람이 있
는 곳으로만 인식한다. 에메렌츠를 고용한 내가 불만인 것
은 그녀가 고분고분하지 않다는 사실이다. 그녀는 집주인

이 자기 마음에 들어야 그 집 일을 수락하며 "누구의 것이든 더러운 속옷은 빨지 않아요"라고 선을 긋는다. 일하는 시간을 정하는 사람은 자신이어야 해 빨랫감이 쌓여 있는데도 며칠간 오지 않고, 어떤 때는 한밤중에 문을 따고 들어와 부엌일이며 빨래를 해 신경을 건드린다.

칠십대 중반의 서씨 아주머니도 그랬다. 우리 집에 일하러 와서 집 구조 등이 자기 마음에 드는지 점검했고, 내 쪽에서는 아무것도 이래라저래라 할 수 없었다(나는 그녀가 회칠한 것처럼 유리에 걸레 닦은 자국을 남기는 게 마음에 들지 않았다). 나는 작가가 아니지만, 부끄럽게도 집안일을 할 시간이 없다고 생각하는 부류이며, 육체노동에 젬병이어서 누군가로부터 경멸받아 마땅한 인간이기도 하다. 분업이 효율성을 높인다는 구식의 테일러주의나 직업에는 귀천이 없다는 식으로 도우미라는 직업에 가치를 두어 스스로를 속이면서 집 안의 먼지를 직접 닦지 않는다.

작가인 '나'는 자연스레 서보 머그더가 빙의한 것으로 읽히며 우리는 그녀를 좋아할 수밖에 없는데, 그녀는 그리스 고전에 밝고, 문장이 치밀하며, 감정을 다루는 솜씨나 윤리성이 뛰어나 독보적인 위치에 올라 있기 때문이다. 이런 작가는 다음과 같은 문장 하나만 잘 써도 삶의 정당성을 얻는다. "에메렌츠는 죽음 이후 셀 수 없을 정도로 소리 없이 우리를 향해 발꿈치를 핑그르르 돌리고서, 우리의 죄의식에, 혹은 그녀에게 접근하고자 하는 우리의 시도에 대해 주먹감자를 먹였다." 게다가 '나'는 유기견인 비

올라를 데려다 키우는 따뜻한 면모도 지녔고, 폐암 초기인 남편을 잘 돌보며, '나'를 찾는 독자들이나 국제적으로 뜻깊은 작가 행사에도 몸을 사리지 않고 함께함으로써 내 안락에 시간을 쏟는 경우가 거의 없다. 어쩌면 '나'의 시간들은 '세상'을 위해 쓴다고도 말할 수 있을 것이다. 하지만 '나'는 한 번도 걸레를 손에 들지 않고, 독실한 천주교도라지만 이웃의 소식이나 그들을 돌보는 데 마음을 쓸 시간 따위는 없다.

에메렌츠는 분리수거일에 뭐 쓸 만한 물건 없나 눈에 불을 켜고 온 동네를 뒤지며 폐품을 주워 오는 노인네이기도 하다. 누구나 나가는 교회에도 발길 한번 들이지 않는 차가운 비신도이며, 교회를 향한 저주를 서슴지 않는 못된 말투를 가지고 있다. 시선은 더 나쁘다. 사람을 죽일 것처럼 증오의 눈빛을 언뜻언뜻 내비친다. 나는 책을 읽으면서 요즘은 앱을 통해 모두 청소 도우미를 구하니, 이런 사람은 단번에 컴플레인을 받고 잘릴 유형이라는 생각이 들었다. 우리는 스스로 음식을 만들거나 청소하지 않으면서 돈 몇 푼 쥐여준 서비스 이용자라는 명목하에 청소 노동자나 식당 노동자, 대리운전사가 마음에 들지 않으면 별점으로 낙인을 찍어 다시는 그가 플랫폼에 발을 못 붙이도록 만드는 잔인한 부류이기도 하니까. 하지만 에메렌츠라는 존재의 핵심 가치는 단 한 가지 행동에 있다. 쓰러져가는 이들에게 눈길을 주어 보양식을 해 먹이고, 버려진 동물들을 거두어 자기 집으로 데려가 다시는 길거리 인생을 살지 않게 한다는 것이다.

그런데 왜 '나'와 에메렌츠, 이 둘은 그 누구도 개입할 수 없을 만큼 사랑하는 사이로 읽힐까. 에메렌츠는 걸레질하지 않는 주인을 경멸하지만, 남에게 결코 열어 보이지 않았던 자신의 세계를 그녀에게만 유일하게 허락하며 들어올 수 있도록 한다, 마치 운명처럼. 작품의 제목이 알려주듯 주인인 그녀에게만 허락된 '도어(문)'이다. 성미는 강퍅하지만 자신의 육체가 바스러지도록 모든 에너지를 타인에게 내어주는 친밀함의 가능성도 지니고 있다. '나'는 에메렌츠 없이는 잡동사니 한가운데서 뒹굴어야 할 만큼 타인의 손에 삶을 의탁하고, 점점 그녀 없는 삶은 상상할 수 없게 된다. 어느덧 유명한 작가가 되어 텔레비전 프로그램에 녹화하러 가느라 정신없는 와중인데도 에메렌츠와의 틀어진 사이 때문에 방송을 망칠 정도로 그녀는 '나'의 생애에 깊숙이 들어와 있다.

사실 이 책을 읽는 독자는 누구나 이것이 '부끄러움(수치심)'에 관한 이야기라는 점을 알아차릴 것이다. 에메렌츠는 책을 경멸하는 사람이기에 그녀의 공격적인 행동과 언어, 증오로부터 자유로울 수 있는 사람은 많지 않다. 그녀는 독자에게 기꺼이 벌을 주려 한다. 죄책감에서 자유롭지 말라고. 걸레질과 비질을 하는 에메렌츠는 그것을 하지 않는 이들에게 강한 어조로 말한다. '나에게 그 누구도, 그 어떤 것에 대해서도 연설하지 말 것.' 나 역시 서씨 아주머니에게 아무 말도 할 수 없었고, 심지어 동료 청소 노동

1 사랑의 기억

자조차 그녀에게 어떤 의견도 제시할 수 없었다. 한번은 서씨 아주머니가 동료에게 내뱉은 이런 말을 들었다. "나한테 한 번만 더 잔소리하면 아가리를 찢어놓을 거야." 문자에만 둘러싸여 사는 이들은 늘 한구석에 부끄러움을 가지고 있다. 비질을 하지 않는 것에 대하여, 누군가에게 돈을 지불하고 돌봄노동을 맡기는 것에 대하여, 육체노동 하는 이들보다 더 많은 돈을 버는 것에 대하여, 햇볕에 그을리지 않아 기미 없는 피부로 사회적 차별을 당하지 않는 것에 대하여.

'나'와 에메렌츠는 한순간도 쉼 없이 자기 생을 꾸려 나간다. '나'는 집필을 하고, 아픈 남편을 돌보고, 강아지를 산책시키고, 또 여러 행사에 불려 다니느라 몸이 무너져 내릴 것 같다. 에메렌츠는 집에 침대도 들이지 않은 채 의자에 앉아서 잠을 청하며, 동네 열한 곳의 제설 작업을 위해 눈을 쓸고 다니는 와중에도 누구든 아픈 사람이 발견되면 제 손으로 죽을 쑤어 먹이고 침대맡을 지킨다.

거두어 먹인 자와 그 보살핌을 받은 자는 불균형한 관계일 수밖에 없다. 보살핌을 받은 이가 필연적으로 죄책감을 갖게 되기 때문이다. 소설 속 총경도, 작가도, 의사의 아내도 모두 그 손이 없으면 자리보전하고 누웠을지 모를 약하디약한 존재들이다. 그 셋은 밥할 줄 모르고, 누군가가 쓰러져갈 때 옷을 벗겨 그 몸을 씻길 줄도 모른다. 침대 바깥으로 꼼짝할 수 없는 아픈 가족의 배설물을 받아낼 자신이 없어 그것을 의료시스템이나 국가의 복지 시스템이 마련해줘야 한다고 생각한다.

　　에메렌츠의 아버지는 젊어 일찍 죽었고, 에메렌츠의 동생 두 명은 그녀 눈앞에서 번개를 맞아 새카맣게 땔감처럼 타 죽었다. 약하고 무기력했던 엄마는 그녀 앞에서 우물에 몸을 던졌는데, 그녀는 바라보기만 한 채 엄마를 구하지는 못했다. 서씨 아주머니도 젊은 시절 일찍 홀로되어 남매를 키우면서 청소일 등으로 손수 생계를 책임져왔다. 그 생애에는 어떤 그악스러움 같은 게 있지만, 그것은 인연 맺은 주변 사람들을 반드시 자기 삶 속에 받아들이려 하는 역경의 흔적이다.

　　"애정은 온화하고 규정된 틀에 맞게, 또한 분명한 말로 표현할 수 있는 것이 아니"다. 에메렌츠는 자신의 생으로 그것을 압축해서 보여주고, 파트타임으로 내 몸과 공간에 관한 일을 맡기는 우리 중 누군가는 돌봄을 베푸는 이에게 새로운 유형의 사랑을 꿈꿀 수도 있다. 그러니 또 다른 사람 이성미 씨를 만나보자.

희망은 무엇보다
새로운 사람들과의 만남

시어도어 젤딘, 『인간의 내밀한 역사』

"저는 혼자예요." 자식을 셋 둔 쉰 살의 여성이 이런 말을 하면 우선 드는 것은 호기심이다. 이혼, 아니 사별을 했을까. 무슨 이유로 그리됐을까. 나보다 생을 얼마간 앞질러 산 사람들을 보면 내 미래의 한 조각을 엿보는 듯 그를 향한 질문이 떠오른다.

이성미 씨는 서씨 아주머니 이후 몇 분이 거쳐간 뒤 우리 집 살림을 도와주게 된 분이다. '혼자'라는 말을 하고 몇 주 뒤 일하는 함바집 총무에게 성폭행을 당했다며 전화를 걸어왔다. 몸이 아프고 경찰서에 몇 번 다녀와야 해서 당분간 청소를 못 한다고 했다. 몇 주 뒤 이성미 씨는 또 새로운 이야기를 들려줬다. "살면서 남편한테 많이 맞았어요." 지금은 별거에 들어갔는데, 최근 짧게 자른 머리가 그녀의 마음을 드러내 보이는 듯했다.

"내 인생은 실패했어요." 가사 도우미 쥘리에트의 말로 시작되는 『인간의 내밀한 역사』를 읽으며 이성미 씨가 떠올랐다. 쥘리에트처럼 이성미 씨도 품위 있게 처신하고, 가만히 자기 생각을 드러내기 때문이다. 시어도어 젤딘은 인터뷰를 하려고 일부러 쥘리에트를 만났겠지만, 이성미 씨는 묻지 않아도 발화 주체로서 자기 자신을 또렷이 드러낸다.

청소를 의뢰하는 사람이 지켜야 할 것이 하나 있다. 얼룩이나 먼지가 남아 있어도 지적하지 말 것, 그릇을 깨거나 잘못된 세탁으로 옷을 못쓰게 만들어도 모른 척할 것. 왜냐하면 쥘리에트와 같은 이들은 자기 일에 대한 불평을 들으면 내 "인생의 가치도 떨어진다"라고 느끼기 때문이다. 이성미 씨는 더 떨어질 데가 없어 보였다. "부모한테 사랑을 못 받고 자랐어요"라는 유소년 시절의 압축된 문장은 "신랑한테 두들겨 맞았어요"라는 성년 시절의 문장으로 곧장 이어지기 때문이다. 강원도에서 고물상을 운영하던 부모에게 가장 많이 받은 것은 '차별'이다. 그녀가 초등학교 2학년생일 때 남동생이 물놀이하다가 익사했다. 이 일은 그녀 탓으로 여겨졌고, 엄마 아빠는 딸을 미워해 학교에 보내지 않았으며 고물상 일을 시켰다. 그녀는 초등학교 중퇴. 온 가족이 고장 난 버스를 집으로 삼으며 기거하던 중 그녀가 열여덟 살이 되었을 때 아버지가 장판 밑에 깔아둔 만 원짜리 한 장을 내밀며 서울로 떠나라고 했다. '관심'과 '교육'은 1990년경 한국의 많은 아이가 부모로부터 제공받아 누렸던 것임에도 불구하고 그녀에게는 주어지지 않았다. 19세기 말 유럽의 중상류층 자녀들은 서른 살이 되기 전 가족의 품을 떠나지 않는 게 당연시되었고, 한국의 이성미 씨와 같은 세대 중에서도(대학 진학 명분을 제외하고는) 그런 이가 많았지만 그녀는 아빠가 내쫓아 조금 이르게 독립했다. 첫 직업은 하루 밥 한 끼 그리고 잘 곳을 제공하는 동대문 어느 작업장의 미싱 '시다'였고 이후의 직업 목록은 룸살롱 도우미(2개월), 식당 일, 파출부 등 단조로운 카테고리를 벗어나지 못했다.

젤딘은 이 책에서 수십 명의 여성을 인터뷰하면서 그녀들이 인생의 외로움을 덜어줄 영혼의 친구를 만나길 원한다. 그가 생각하기에 솔메이트는 서로 완벽하게 들어맞아야 한다기보다는 "다른 사람의 몇몇 요소와 자기 자신의 요소를 결합"해 상대방의 지평을 넓혀주고 인간이 모두 신비로우며 고유한 존재임을 깨닫게 해주는 존재다. 이성미 씨에게도 그런 존재가 있을까? "저는요, 아무하고도 얘기 안 해요. 식당 일 하는 사람끼리도 안 하는데요. 그들이 숙덕숙덕하면 꼭 내 욕을 하는 것 같거든요." 그녀가 비참한 자신의 처지를 계속 되뇌게 할 수는 없어서 화제를 바꿨다. "살면서 가장 좋았던 기억들은 어떤 거예요?" 그녀는 망설임 없이 대답했다. "자식들 키운 거요." 그렇게 자란 막내가 이제는 엄마의 방패막이가 되어준다. 아빠가 술 취해 들어오면 엄마한테 전화해 아직 들어오지 마세요, 라고 한다. 아빠가 잠들면 그제야 엄마를 불러들인다. 이성미 씨 남편의 폭력은 선대로부터 물려받은 것으로 지금 이 순간까지 계속되고 있다.

젤딘은 결혼이라는 무대에서 벗어나는 데 핵심이 될 열쇠는 자기 삶을 경멸하지 않겠다는 결심이라고 말한다. 그가 인터뷰했던 또 다른 여성 카트린이 다음과 같이 말했기 때문이다. "경멸은 가장 나쁜 행위입니다. 경멸이란 말하자면 상징적인 살해입니다." 이성미 씨 역시 결혼이라는 무대에서 벗어나려고 준비 중이지만, 카트린같이 핵심이 될 열쇠를 아직 손에 쥐지는 못했다. 그녀가 부모와 시부모에 대해 언급할 때 가장 많이 쓰는 단어는 "차별"이고, 남편의 행위를 반복해서 묘사하는 단어는 "두드려 팬다"이다. 또한 자기감정을 곧잘 응축해 내뱉는 말은 "사라지고 싶다"이다. 하지만 농약도 칼도 그녀를 다른 세상으로 데려가주지 않았다. 그녀는 지치지 않고 부처님께 기도하며 가끔 '완전한 소멸'을 꿈꾼다.

젤딘은 이 책에서 사람들에게 끊임없이 경계 넘나들기를 하라고 권한다. 지금 현실에서 만나는 친구 말고 역사 속의 인물을 친구로 삼거나, 나라 밖으로 여행을 떠나 더 큰 범주의 우정을 꿈꾸라는 식으로. 이를테면 일본 막부 말기의 광인狂人 요시다 쇼인吉田松陰, 1830~1859이 이지李贄, 1527~1602의 『분서焚書』를 읽고 수백 년을 앞서 산 고인을 자신의 유일한 지기知己로 여겼듯이 말이다. 그렇다면 이성미 씨도 여행에서 해답을 찾은 적이 있을까? 그녀가 세상에 태어나서 가본 곳은 강원도, 파주, 서울이 전부다. 지금 제주에서 일하는 둘째를 보러 가고 싶긴 하나 비행기 표값이 엄두가 안 난다. 나는 젤딘을 흉내 내며 이성미 씨에게 아리아드네의 실 같은 것을 찾아주고 싶었다. 그래서 소크라테스가 '삶의 이유를 찾는 길은 대화뿐'이라고 한 것을 좇아 대화의 갈랫길을 내보려고 애썼다. 하지만 이야기의 반경은 가족 바깥으로 벗어나지 못했다. "뺨 네 대"(시어머니), "죽으려면 집 밖에 나가서 죽어라"(남편) 이런 말이 들렸다. "삶의 어려움을 극복하는 우리의 능력은 무엇보다도 어떤 전후 맥락에서 그 어려움을 보는지에 의해 가장 큰 영향을 받는다. (…) 사실상 복잡하면 복잡할수록 틈이 더 많은 법이다." 책을 읽으면서는 젤딘의 이 문장을 좋아했지만, 이성미 씨의 말을 듣고 나서는 아니었다. 극복, 능력, 맥락…… 이런 낱말은 지극히 추상적이고 온기도 향기도 없는 듯했다.

　　"자신에게 가능한 모든 만남으로부터 이익을 얻지 못한다면 누구도 완전하게 살았다고 할 수 없게 되었다. 오늘날 희망은 무엇보다도 새로운 사람들과의 만남이라는 전망에 그 토대를 두고 있다." 책 속의 이 문장도 멋들어졌지만, 후배 유나와 이야기를 나눈 뒤 다시 읽어보니 공허했다. 유나는 똑똑하고 자기 소신이 분명하고 잘 웃고 착하고 나는 그녀를 좋아한다. 한편 그녀는 삶에 긴장해 있고 벽이 있고 조금 차갑다. 그런 유나에게 지금은 영혼의 동료가 없는 것 같다. 예전에 그런 사람이 한 명 있었는데 그만 유령이 되어버렸기 때문이다.

　　그 일이 있고 유나가 노력을 하지 않은 것은 아니었다. 젤딘의 충고처럼 세계 각지로 눈을 넓혀 외국인 친구를 사귀거나 한 것은 아니지만, 직장 동료들에게 자기 속내를 털어놓기 시작했다. 하지만 친구들은 유나에게서 죽은 옛 친구의 그림자를 발견하곤 했다. 그건 그들에게 부담이었다. 우리가 근대 시기 프랑스나 영국에서의 살롱 멤버들처럼 "다른 사람들의 정신을 통해 사상을 여과"하며 이성과 감성의 균형을 추구하는 우아한 모임을 갖지는 못하더라도 대체로 우정의 토대는 낮 시간의 쾌활함에서 다져질 때가 많은데, 유나는 그 상처를 좀 오래 지녔다. 삼십대 중반의 유나는 10년 전 단짝의 자살을 겪었고, 매년 기일마다 그 단짝의 어머니와 추모 공원을 찾았다. 친구를 잃은 이후 제대로 된 해외여행을 한 적도 없고, 새로 만나는 사람들에게 쉽게 마음을 내주지도 않고, '다른 사람에게 짐이 되지 말자'는 다짐부터 하고 있는데 영혼의 동료가 과연 짠 하고 나타날 수 있을까. 그러니 젤딘의 권유대로 유나는 우선 새 길을 닦기 위해 "역사의 자갈들을 다시 사용해야 한다". 책을 몹시 좋아하는 그녀이니 역사의 자갈들을 활용할 방법을 반드시 찾아낼 수 있을 것이다.

　　유나와 이야기를 하다 보니 그녀 역시 완벽하게 들어맞는 영혼의 동료를 찾고 있는 듯했다. 나는 그녀에게 그런 사람은 만나기 쉽지 않으니 여러 사람을 사귀어 자신 안에서 퍼즐을 맞춰나가는 게 낫겠다고 말했다. 이건 내 경험에서 비롯된 것이기도 하다. 요즘 나는 10년 이상 사귄 친구들에게 갖는 감정이 이전만 못하다. 꼭 들어맞았던 관계는 사실 헐거워질 일만 남겨둔 것이기도 하다. 우리는 서로 이상에 부합한 존재라기보다 게을러지고 상투적이 되어가며 고집은 점점 더 세지기 때문이다. '내가 성장하는 동안 친구인 너도 나를 자극할 만한 존재로 성장하고 있는가?'라는 질문을 나는 아직도 포기할 수 없다. 그래서 오랜 친구라도 실망하는 일이 생기면 방향을 틀어 이 존재 저 존재 사이를 헤매고 다니기도 한다. "인생은 점점 더 가게처럼 변한다"는 책 속 구절처럼 이 사람 저 사람 쇼핑하듯 집적거리지는 않지만, 새로 사귄 사람과 잘 맞지 않으면 호기심을 거두는 일이 예전보다 훨씬 더 쉬워졌다, 애석하게도.

이성미 씨와 유나는 지금 힘든 시기를 지나고 있다. 그들에게 그 시기를 헤쳐 나올 통로가 여러 개 필요하다면 나도 그중 하나로 활용될 수 있을까. 대화로, 눈빛으로, 혹은 쓰다듬는 손길로.

나는 젤딘의 이 책을 좋아해 두세 번 읽었다. 그는 구체적인 어떤 인물의 삶과 말로 글을 시작하지만 그의 생각은 2천 년 인류 역사를 향해 깊고 넓게 뻗어 있으며, 한 사람의 생애가 우물에서 바라본 하늘에 갇히지 않도록 자신이 인터뷰한 모든 여성에게 널찍한 하늘을 보여주었다. 특히 한 여성의 삶의 고민이 그다음 여성의 이야기로 이어지도록 함으로써 전체 흐름 속에서 나타나는 '진보'는 가히 놀라울 정도였다. 이 글에서 그런 점을 많이 드러내지 못하고 나조차 좁은 시야에 갇혀 이성미 씨와 유나의 이야기를 쓴 것만 같다. 하지만 아직 이 두 여성에게서 거리 두기가 잘되지 않는다. 훗날 두 여성에 대해 다른 식의 이야기를 써보고 싶은 이유다. 더 깊은 우정으로. 이런 우정을 한 편에 놓아두고, 다른 한편에 있는, 우리 삶을 송두리째 뒤흔들기도 하는 에로틱한 사랑을 얘기해보려 한다.

몸속 깊숙이 침투한
에로틱한 사랑이
공적 감정이 되기까지

마사 C. 누스바움, 『감정의 격동: 사랑의 등정』

"봉제 공장 일을 마치고 신당동 골목을 걷는데 지나
가던 차가 다리를 쳤다. 크게 다친 건 아니어서 운전자는
다음 날 내가 일하던 룸살롱으로 합의하러 왔다. 둘이 함
께 술을 마셨고, 취했다. 그가 나를 벗기고 몸속 깊이 들어
오자 나는 죽고 싶었다(이 감정은 훗날 상대를 죽이고 싶다
는 마음으로 바뀐다). 칼날에 벨 것 같기만 했던 지난날, 아
무도 내게 온기를 나눠 주지 않았다. 그와 몸을 섞자 열세
살 때 일이 떠올랐다. 아침에 일어나 빨래를 너는데 경찰
이 들이닥쳤다. 가게 유리창을 깨고 옷을 훔친 아이를 잡으
러 온 건데 엄마가 범인인 언니가 아니라 나를 가리키면서
재예요, 쟤, 라고 말했다. 부모는 나를 혐오했고, 혐오받는
사람은 언제나 영문을 알지 못한다. 안양소년원에 갇혔다.
1년 뒤 한 스님의 도움으로 그곳에서 나왔다. 왜 절정의 순
간에 그 일이 떠오르나. 수치스러웠다."*

이성미 씨와 남자는 서로 안고 한데 뒤엉키다가 아

33

이를 가졌고, 부부가 됐다. 그녀의 나이 스무 살 때였고, 남자는 열 살 위였다. 태어나서 처음으로 행복하다고 느꼈다. 그녀는 남자의 몸과 마음이 자기 것과 하나 될 줄 알았지만, 남자는 둘째를 밖에서 낳아 데리고 왔다. 부모에게 버림받은 그녀는 아이가 마치 자신 같아 거두어 키웠고, 남자를 계속 사랑했다. 에로틱한 사랑은 인생 최고의 경험이라고 헝가리 시인 어디 엔드레가 말했듯이, 그녀에게도 절정의 순간들은 잘 잊히지 않았다. 일상은 계속됐다. 남편은 술 먹으면 코를 골면서 잤고, 그녀는 둘째 아이를 보듬었다. 이후에도 남편과의 성관계에 대한 욕망은 수그러들지 않았다. 얼마 후 셋째를 가졌다. 이때부터 갑자기 삶의 장면이 바뀌었다. 남자는 이성미 씨를 때리기 시작했다. 그는 아내를 "쾌락의 용기容器"로 여겼을 뿐 그녀 본래의 자아를 받아들이지 않았다. "타자의 특수한 내력과 욕구에 전적으로 주의를 기울"이지 못하는 그는 아내의 요구에 느려터지게 반응했다. 과거의 기억과 현재의 순간들이 이성미 씨 속에서 뒤엉킬 때마다 행불행은 모습을 바꿔가며 순간순간을 지배했다.

마사 C. 누스바움의 감정철학 3부작 중 『감정의 격동: 사랑의 등정』은 남녀 사이의 사랑이 산 정상을 향해 올라가는 역사를 고찰한다. 고대 그리스의 플라톤부터 20세

✗ 이성미 씨는 이 말을 하면서 두 번이나 탁자에 고개를 파묻었다. 사랑과 상처가 이음매 없이 떠오르도록 자극한 듯해 몹시 미안했다.

　　　　　　　　　　　1 사랑의 기억

기의 제임스 조이스에 이르기까지 2500년의 세월 동안 사랑이 어떤 몸과 감정, 정신으로 추구되어왔는가를 추적한다. 이성미 씨는 안타깝게도 산 초입에서 많이 올라가지 못했다. 그녀는 누가 품어주면 맨홀로 빨려 들 듯 헤어나지 못하며 결핍을 채웠다. 사랑의 기본 감정 중 그녀에게 가장 풍성했던 것은 연민이다. 플라톤이 연민을 부정적으로 봤던 것과 달리 누스바움은 연민이 인류에게 중요한 감정이라고 강조한다. 아리스토텔레스, 단테, 말러, 그들은 연민을 역사의 무대 위로 올려놓고 사랑의 감정에 포함되도록 하는 데 공을 세웠다. 하지만 나처럼 너도 측은한 인간이라며 품게 해주는 연민은 누군가에게 사랑을 수단으로 이용할 빌미를 주기도 한다. 이성미 씨의 남편처럼 말이다.

연인의 에로틱한 감정은 섹스와 결부되지만 둘은 서로의 몸속에만 머물지 않고 상대의 정서나 정신적 고양감을 살피는 단계로 나아간다. 물론 이런 등정보다 몸에 훨씬 더 오래 머물며 탐닉하는 사랑도 있다. 뒤라스가 말하듯 육체는 "삶 전체, 밤, 낮, 모든 행위를 가져갈 수도 있"**기 때문이다. 육십대 후반의 택시 기사 이성철 씨는 대화의 첫마디가 "결혼에 두 번 실패했어요"였다. 첫 번째 아내에게는 허약한 자신과 달리 강한 신체 때문에 끌렸다.

"이십대에 건설회사 다니면서 지방 파견을 나갔는데 거기서 만난 한 여자가 나한테 호기심을 보였어요. 어머

** 　알랭 비르콩들레, 『뒤라스를 위하여Pours Duras』에서 재인용.

35

니가 늘 여자는 몸이 튼튼해야 한다고 말하셨는데 그 여자는 씩씩했죠. 둘이 서울로 올라와 살림 차리면서 나는 택시업을 시작했어요. 사달이 난 건 아내가 식당 일을 나가면서였습니다. 식당에서 남자를 사귀었어요. 아들딸을 낳아 기르면서도 늘 남자에 목말라했고, 이웃한테 듣기로는 나랑 갖는 잠자리에 만족 못 한다더군요. 아내는 매일 여관을 드나들었고, 나는 그런 아내를 미행했습니다. 그러면서 정신질환에 시달려 핸들을 잡으면 방향감각을 잃고 손님을 엉뚱한 데 데려다놓더라고요. 그때는 운전으로 하루 3만 원밖에 못 벌었어요. 미칠 것 같아서 미행을 그만두고 합의이혼을 했어요. 그게 사랑이었는지는 모르겠는 게, 지금도 너무 화가 나거든요."

첫 아내와의 파탄으로 이성철 씨의 삶은 점점 망가졌다. 일부일처제 사회에서 소유욕은 대개 집착을 불러온다. 내 친구 선영이는 호감 가졌던 남자와 하룻밤 잤지만 이후 남자는 선영에게 마음이 없어졌다. 반면 그의 지적 능력을 동경하고 잠자리도 잊지 못했던 선영은 그가 더는 만나주지 않자 2층에서 떨어져 자기 팔을 부러뜨렸다. 그런 자학은 상대를 되찾기 위해 혼자 남겨진 이가 택하는 최후의 수단이기도 하다(대체로 실패한다).

몇 년이 흘러 이성철 씨는 두 번째 아내가 될 사람을 만났다. 삶을 회복하려고 사교댄스를 배웠고, 거기서 만난 한 여자와 신체 접촉을 하면서 자연스레 감정이 깊어졌다. 춤을 추기 시작한 지 두어 달 후 둘은 함께 북한산에 올랐다. 중턱쯤 이르러 바위에서 쉴 때 그가 그녀 허벅지 위에 손을 얹었고, 둘은 그날 밤 여관에서 같이 잤다. 이불 속은 따뜻했다. 그 온기 속에서 17년간 두 번째 결혼 생활을 이어갔고 그는 내내 아내를 사랑했다. 그가 아내에게서 느낀 가장 강렬한 감정은 서로를 보살펴주는 데서 오는 다정함이었다. 그녀는 남편의 몸을 힘껏 돌봤고, 그는 아내의 꿈을 이뤄주려 했다. 봉제 공장을 다니던 아내가 어느 날 수선실을 운영하고 싶다고 해 차려줬고, 공부를 하고 싶다고 해 검정고시 학원에 등록해줬다. 하지만 넓어진 세상은 사람의 눈과 마음을 바꿔놓는다. 공부하는 아내는 학원에서 같이 공부하는 남자를 사귀었고 두 남녀는 새로운 사랑을 선택했다. 하지만 그는 지금도 이렇게 말한다. "두 번째 아내가 돌아오면 받아줄 거예요. 그립거든요. 사랑해서 그리운 것도 같고, 그리워서 사랑하는 것도 같고."

이성철 씨는 두 번째 아내와 사랑의 산을 올랐다. 이성미 씨보다는 좀 더 높이. 둘은 상대가 원하는 것에 귀 기울였다. 남자는 자신의 허약한 육신에 대한 돌봄을 원했고, 여자는 못다 한 자아실현을 이루길 바랐다. 아리스토텔레스가 말하는 상호 관계에서 싹트는 감정, 즉 내가 잘되기를 바라는 상대와 그가 잘되기를 바라는 내가 함께하는 것에서 나오는 감정. 그런 감정은 날실과 씨실을 교차시켜 커다란 태피스트리를 아름답게 완성해나가곤 한다. 이성철 씨의 실 가닥은 중간에 끊겨버렸다. 그의 아내는 어떻게 됐을까? 새로운 상대와 사랑의 등정에서 한 계단 더 높이 올라

섰을까?

삼십대의 홍선민은 글도 쓰고 그림도 그린다. 그가 사각의 방에서 혼자 사물이나 세상을 응시하며 펜을 닳게 하는 사이 그의 자질은 점점 탁월해졌다. 다정함을 옷처럼 걸치고 다니는 그이지만, 스스로 갈고닦아 성취한 바가 많아서인지 겸손한 태도 속에서 가끔 오만함이 비친다. 그에겐 사랑의 역사가 나름 두텁다. 누구보다 타인 지향적인 성격의 소유자인데, 이런 사람은 매력을 흘리고 다녀 우정과 사랑의 가지를 많이 뻗는다. 나는 그의 사랑을 여러 차례 목격했다. 결핍(연인의 부재)—충만감(사랑의 현존)—자책 혹은 안도감(결별)의 과정을 안단테로 때로는 프레스토로 나아가는 것을. 그는 옛 연인을 아주 빨리 잊거나 아니면 너무 늦게 잊는 타입이었다. 누스바움의 이 책에서도 알 수 있듯 사랑의 유형은 여러 가지이고, 나이가 들면서 우리가 추구하는 사랑의 형태도 달라진다. 많은 사람이 그렇듯이 그도 처음엔 외모에 끌렸다. 하지만 그가 사귄 연인들을 헤아려보면 대개 예술인이었다. 아마도 그와 연인은 사회의 주류 흐름에서 비껴나 예술과 삶이 선명히 나뉘지 않는 것을 원했던 듯하다.

선민은 우회로를 거쳐 헤매고 돌다가 지금의 연인을 만났다. 3년 넘게 지속되고 있는 이 관계에서 그는 세 낱말을 곱씹었다. "즐겁고, 편안하고, 안정감을 느껴요." 그에게 편안과 안정은 사랑인지 아닌지 분별할 수 있는 감정이다. 누구에게나 좋은 사람이고 싶어 하는 그의 성격이 심리적으로 어떤 결핍과 욕구에서 비롯된 것인지 나는 잘 모른다. 어쨌든 그는 연인을 만나면서도 늘 잘해야 한다는 부담감 탓에 편안함을 느끼지 못했다. 하지만 지금의 연인과는 다르다. 타인을 신경 쓰느라 함께 밥 먹는 걸 잘 못하는 그인데 그녀와는 전화 통화만 해도 식욕이 돋는다.

누스바움의 논의에서 그의 현재 관계를 고찰해보면 사랑의 등정을 꽤 많이 한 것 같다. 사랑에서 상승을 계속하기보다 상승–하강을 되풀이하던 그는 "지금은 그때와 달라요"라고 말한다. 그의 어조에서 부드러운 단호함이 묻어났다. "그녀가 물건을 대하는 태도 하나만 봐도 어떤 사람인지 알 수 있을 거예요." 선민의 애인은 웬만해서는 물건을 사지 않는다. 세상에 쓰레기를 더하고 싶지 않다는 마음가짐은 삶을 대하는 그녀의 관점을 상징적으로 보여준다. 요즘 청년 세대 중 이렇게 예민한 감각과 가치관을 제 것으로 삼는 이들은 꽤 흔한 데다, 관찰자로서 나는 그녀의 특수성을 선민만큼 읽어내진 못하지만, 그의 눈을 투과해 그녀를 바라보면 대체할 수 없는 자아를 느낄 수 있다. 그들에게서 에로틱한 감정과 시민의 감정은 하나가 된다. 그는 그녀와 만나면서 한 번도 하지 않았던 일을 습관처럼 몸에 새기고 있다. 그중 하나는 사회 속에 점점 깊이 발 담그는 것이고, 기부도 그중 하나다. 사랑이라는 감정이 세계와 사회를 바라보는 시선과 태도를 어떻게 바꿔놓을 수 있는지 이 커플은 보여준다. 누스바움은 말러의 음악에서 이러한 사랑을 감지한다. "분투와 사랑으로 이루어진 삶에 대한 보상은 그러한 삶을 사는 것이라는 것이다. 그것이 너고 너의 삶이며, 어떤 식으로든, 어떤 죽음이나 고통 또는 반대에 의해서도 네게서 빼앗아 갈 수 없다."

누스바움은 정치적인 삶을 강조하고, 정치에서 '감정'을 중요한 요소로 다루듯 연인의 사랑이 민주주의의 중요한 밑바탕이 될 수 있으리라는 기대로 월트 휘트먼과 제임스 조이스의 작품을 분석해 들어간다. 사실 에로틱한 사랑이 공적 감정으로 나아간다는 그 어마어마한 건너뜀은 우리 몸을 새롭게 사유하도록 요구하고 상상력을 최대치로 발휘해 사랑을 다르게 해석하도록 촉구한다.✕ 두 작가는 자신이 처한 역사·사회적 현실 속에서 사랑의 감정을 끊임없이 정치적 자원으로 만들기 위해 분투한다. 누스바움 역시 이 등정의 정상에 자유민주주의를 두고 있다. 지나치게 직설적인 사례가 될지 모르지만, 그 등정의 막바지에 다다르고 있는 한 노부부가 우리를 밝게 비추고 있다. 물론 사랑은 의도적, 계획적으로 이뤄지지 않는다. 그것은 늘 처음에 몸이 개입하기 때문이다. 하지만 두 사람의 사회적 지향이 비슷할 때는 연인이자 동료가 될 수 있다. 이런 유형

✕ 제이컵 하울런드는 에로스란 모호하기 때문에 파악하기 매우 어려운 개념이며 소크라테스조차 이를 해결하지 못했다고 말한다. 그에 따르면, "에로스는 인간적이며 동시에 신적이고 주관적인 동시에 객관적이다. 에로스는 그 자체로부터 생성되는 것 없이도 발생되며 영혼을 앞으로 나아가게 하는 것 못지않게 높은 차원으로 우리를 고양시킨다"(『키르케고르와 소크라테스Kierkegaard and Socrates: A Study in Philosophy and Faith』).

의 사랑은 때론 숭고하고 때론 종말론적이다. 육십대 후반의 김현실은 학생운동을 함께한 선배와 오래 부부의 연을 맺어왔다.

"남편은 죽기를 각오하고 민주화운동을 했어요. 그 한결같음은 사랑만이 아니라 존중의 감정을 자아냈지요. 운동하던 사람들이 많이 변절했는데 그에겐 다른 마음이 없거든요."

오랫동안 사랑하려면 상대의 마음을 내 것처럼 들여다보려고 애써야 한다. 이를테면 그는 가스레인지 닦길 싫어하는 아내를 위해 매일 가스레인지를 닦는다. 시간 강박이 심한 그와 사는 건 때로 숨 막히는데, 둘 사이에 냉소는 없기에 삐걱대는 관계는 곧 제자리로 돌아온다. 한편 김현실은 연민이 강한 사람이다. 자존심이 세서 세상과 거리를 두는 남편의 외로움, 남이 자신을 무시하는 걸 못 견디는 남편의 노기를 읽고 그를 안아준다. 남편 또한 김현실의 마음속 고통을 응시한다. 휘트먼의 시가 추구하는 것이 이들의 사랑과 부합하는 듯한데, 누스바움은 그것을 다음과 같이 요약한다. 성적 욕망이 윤리적 가치에서 중심이 되어야 하는 이유는 "섹스는 몸이라는 어떤 물건에 대한 관심으로 이어지고, 성적 관심은 만약 이 물건이 혐오 대상이면 엉큼해져 수치심과 혐오로 물들기 때문이다. 반대로 피와 내장이 위대한 경탄과 신비의 장면이라는 생각―이것은 가장 소중한 종류의 공감 및 사랑과 긴밀하게 연결되어 있다―은 자체가 섹슈얼리티에 미를 불어넣는다".

누스바움의 이 책은 철학자 입장에서 학술적인 고찰을 풍부하게 담고 있어 그 여정을 쫓아가려면 종종대면서도 큰 걸음을 내디뎌야 한다. 하지만 수많은 문학가가 독자를 달뜨게 할 만큼 아름다운 언어로 사랑을 읊었고, 그 구체성들은 다시 철학의 논의 속에서 장대하게 흐르다가 독자의 머릿속에서 개별의 사랑으로 떠올라 다시 삶의 구체성을 띤다. 밥 먹고 배설하고 사랑하고 사유하고 밥벌이를 하고 자유민주주의를 위해 분투하는 것, 이 모든 과정이 사랑과 뗄 수 없는 일임을 보여주면서. 그렇더라도 이 여정에서 제 발에 혹은 남의 발에 걸려 넘어지는 이들을 우리는 수도 없이 목격하게 된다.

겉돌지 않고 낙관
혹은 비관 쪽으로

데버라 리비,『살림 비용』

아는 디자이너는 이십대에 결혼했다가 얼마 안 있어 이혼했고, 아는 편집자도 남편과 헤어졌다. 나는 이 두 사람을 처음 만났을 때 이혼녀라는 얘기를 들었고, 그래서 그들에게 끌렸다. 있다가 없게 된 사람들은 결핍 때문에 더 매혹적인데, 우리는 그가 가진 구멍을 보면서 거기 있었을 격렬한 사랑, 다툼, 이별 같은 것을 그리고 끝내 헤어지기로 결심한 이들을 무대 위 비극 배우처럼 상상할 수 있기 때문이다. 자신과 엄마와 이웃의 삶을 볕 좋은 곳에 속옷 널듯 쨍쨍하게 보여주는『사나운 애착』『짝 없는 여자와 도시』의 저자 비비언 고닉은 성적 욕구가 넘치며 로맨틱한 사랑이 언제나 제 영혼을 집요하게 따라다녔다고 말하는 이혼녀인데, 내게도 그녀와 비슷한 지인이 있다. 체구가 작고 단단하면서 목소리가 강단 있는 김윤미는 결혼 생활로부터 멀리 떠나왔고 그 후 아들 하나를 제힘으로 키우는 와중에 불같은 감정이 주기적으로 찾아들어 새로운 사랑을 들였다 내보냈다 하면서 자기 서사를 써왔다.

혼자가 된 여자에게 남자들은 같이 자자며 쉽게 접근하는 경향이 있다. 유부남이거나, 빛이 많거나, 배운 게 없는 남자라도 거리낌 없이 다가든다. 사실 전남편이 너무 형편없어서 헤어진 게 아닌 여자도 많다. 박차고 나온 이유는 결혼 제도, 가부장제가 여성의 자리를 협소하게 만들어서, 힘도 돈도 없는 처지이지만 도망치지 않을 수 없어서다. 데버라 리비가 나름 괜찮았던 집에서 런던 북부의 허름한 아파트 건물 7층으로 이사한 것처럼(그녀가 이 책에서 남편 탓을 직접적으로 한 번도 하지 않는 것은 무척 인상적이다).

『살림 비용』은 오십 줄에 들어선 리비가 20년 된 혼인 관계에서 익사하기 직전 수면 위로 고개를 내밀어 파도와 폭풍으로부터 빠져나온 뒤 가난하고 불안정하며 보호막 없는 새 생활로 들어가는 산문이다. 거기에는 새로운 이웃과 행인 들이 기다리고 있다. 첫 편에 등장하는, 열아홉 살가량의 여자에게 치근덕대는 공감 능력이라곤 없는 남자, 자신의 헛간을 작업 공간으로 쓰라며 내어준 실리아, 이제 막 세 번째 결혼을 한 작가의 가장 친한 남자 친구, 아파트 입구에 지키고 섰다가 성가시게 발참견하는 진이라는 여자…… 이 모든 것이 리비가 이혼하고 대신 얻어낸 새로운 삶의 요소들이고, 그녀가 큰 비용을 치르고 완성해낸 이 책의 조연들이다.

"여동생 코뼈가 부러졌어. 의사 말로는 외부 충격이 가해졌대."

"딸이 암에 걸렸어. 사위가 자기 아들은 쳐다도 안 보고 밖으로 나도니까. 그러다 다른 여자랑 있는 걸 봐버린 거야. 갈라서야겠지, 그게 맞는 거지?"

"일산은 너무 비싸서 금촌에 알아봤어요. 이혼 소송 비용이 천만 원이면 된다더라고요."

세 이야기는 모두 내가 열흘 사이에 들은 것이다. 첫 번째 화자는 조금 울먹였다. 두 번째 화자는 눈동자가 갈 길을 잃었다. 세 번째 화자는 무기력을 억눌렀다. 세 여성 당사자가 치른 것은 '살림 비용The Cost of Living'이다. 그녀들은 몸의 일부를 잃고, 마음이 짓이겨지고, 금전적 비용도 지불했다. 이혼은 시간으로 쌓아 올렸던 결혼을 이상한 방향으로 되돌리는 일이다. 사실은 방향이 없고, 수많은 오해와 시선이 덧붙여져 그 외피는 무정형으로 부풀어 오른다. 하지만 우선 급한 건 밥을 벌어먹는 일이다. 집을 줄여야 하고, 부피 큰 가구도 바꿔야 하며, 서재 같은 건 꿈도 못 꾼다. 어떻게 모아온 책인데 싶지만 이제 그걸 들여놓을 곳은 없다.

리비의 『살림 비용』을 읽다 보면 그녀가 결혼 생활을 정리하는 것은 마땅해 보인다. "행복하지 못한 게 어느새 버릇이 되고 있었다." 그녀는 남편과 함께한 20년간 우표를 수집하듯 불행을 수집하며 덩치를 불리고 있었던 것이다. 이럴 때 나라면 다음과 같이 하겠다. 나를 나 자신에게서 멀찍이 떨어뜨려놓는다. 나를 타자화한다. 내가 겪게될 미래에 감정이입하지 않고 차갑게 바라본다. 그러곤 한

발 내딛는다. 리비도 용기 내서 한 걸음 내디뎠고, 그럼으로써 발견한 건 "무시되거나 방치되어 있던 기진한 여자"였다. 그녀는 가정을 가꾸고 행복을 깃들게 하고 두 딸을 먹이고 입힌 일이 심오하며 흥미로운 일이었음을 부정하지 않는다. 하지만 넉넉했던 인심은 시간이 흐르면서 훼멸毁滅되고, 부서지고, 가루로만 남았다.

　　가루를 다시 점성력 있는 재료로 만들려면 혼자가 될 수밖에 없었다. 이런 여성들에게는 희망이나 계획 따위는 없고 오로지 당면 과제만 주어진다. 그건 바로 해체다. 매듭을 묶는 것은 견적이 나와서 오히려 쉽다. 반면 매듭을 푸는 것은 빠르고 효율적인 방법이 잘 찾아지지 않는다. 앞서 말한 여성들은 암에 걸리거나 우울증에 걸린 몸으로 과거에서 현재로 겨우 빠져나왔다. 과거는 늘 대가를 요구한다. 우리가 직접 살아온 것인데도 불구하고, 마치 밀린 이자를 받으려는 것처럼.

　　이 책은 제목에서 말하듯 '비용'을 중요하게 언급한다. "자유를 쟁취하고자 분투한 사람치고는 그에 수반하는 비용을 모르는 사람은 없다." "내 배역에서 벗어나 이야기를 중단시키는 데는 어떤 비용이 따르려나?" "당신이 읽고 있는 지금 이 글은 삶의 비용으로 만든 글"이다……

　　짝이 있다가 없어진 여성들은 유령에게 뒤를 밟히는 두려움까지 감수해야 한다. "결혼 생활은 남은 평생 내 뒤를 밟을 유령이기도 하다." 이건 이혼녀라는 꼬리표가 달린다는 뜻이 아니라 사랑을 상실한 것에 대해 애도할 수밖에 없다는 의미다. 줄리언 반스의 소설 『시대의 소음』에서 음악가 쇼스타코비치는 "낙관주의와 비관주의가 행복하게 공존할 수 있었던 몇 안 되는 장소들 중 하나"가 바로 '가정'이라 말한다. 그는 아내 니타를 사랑했지만(낙관주의), 자기가 좋은 남편인지는 확신하지 못했다(비관주의). 이것을 비비언 고닉식으로 풀자면, 친밀함(낙관주의)에서 오는 고통(비관주의)이다. 가끔 낙관도 비관도 아니고 유유자적 산보하듯 결혼 생활을 하는 사람도 있는데, 어쩌면 이들은 자기 삶에서 곁돌고 있는지도 모른다.

데버라 리비는 자신의 삶을 히스테릭한 방식으로 전개하지 않기 위해 뛰쳐나와 본업인 글쓰기에 주로 집중한다. 이때 마르그리트 뒤라스의 글들이 그녀에게 힘이 돼주었기에 이 책 여기저기에 뒤라스의 문장이 흩뿌려져 있다. 리비는 희곡과 영화 대본도 쓰는 까닭에 셰익스피어와 체호프의 문장도 변형시켜 우리 앞에 내놓는다, 한 편의 연극처럼. 그리고 루이 부르주아와 프루스트! 리비는 두 작가가 주의력 깊게 삶을 들여다보며 자신들이 발명한 형상을 차분하게 다듬어가는 과정에서 묘사할 길 없는 아름다움을 발견하고, 이내 말한다. "그런 아름다움만이 내게는 중요했다." 그런 아름다움만이 내게는 중요했다, 라는 말은 전적으로 최현숙 작가를 떠올리게 한다. 가난한 이들이 지닌 힘만이 내게는 중요했다고 말하는 최현숙은 이혼을 택하면서(반드시 인과관계가 성립하는 것은 아니지만) 그 아름다움을 십수 년째 발굴하고 있다. 어떤 아름다움은 '아름답지 못한 것'들과 기필코 결별하도록 이끈다. 그것들까지 붙들고 있노라면 마음을 열어젖힐 단어도, 문장도 제대로 나올 수 없기 때문이다.

　　리비는 일상보다 글이 더 흥미로워지는 지점에 이르기 위해 분투하고 있다. 자신의 이름을 지워버린 서사와 결별하면서. 그 결승선에 이른다는 것은 현실 이면을 보는 훨씬 더 밝고 풍부한 눈을 가졌다는 그녀의 자질을, 즉 존재 가치를 입증해주기 때문이다. 그리고 결승선에 이른 또 다른 여성이 있다. 그녀는 지금 모국어를 만지작거리는 중이다. 버릴까, 말까. 마치 아고타 크리스토프처럼 혹은 블라디미르 나보코프처럼.

핏빛 모국어를 버리기

아글라야 페터라니, 『아이는 왜 폴렌타 속에서 끓는가』

예원과 나는 저녁으로 폴렌타[×]를 먹었다. 아글라야 페터라니의 『아이는 왜 폴렌타 속에서 끓는가』를 막 읽고 난 후였다. 1962년 루마니아 부쿠레슈티에서 태어난 페터라니의 이 자전적 소설은 문장마다 1999년생인 예원을 불러냈다. 그 비극적인 음식을 나누면서 나는 왜 예원이 폴렌타 속에서 끓고 있는가를 생각했다.

첫 문장은 이렇게 시작한다. "나는 천국을 상상한다." 스물네 살의 예원은 "23년간 하루도 예외 없이 지옥에서 살았어요"라며 안부에 대한 답을 한다. 이런 사람은 천국을 상상할 자격이 충분하다. 천국에서는 잠도 편히 잘 수 있고 신이 형벌을 내리지 않을 것이기 때문이다. '태어난 건 벌이다.' 이 문장은 예원의 뒤를 쫓으며 그녀의 발을 걸어 계속 넘어뜨리려 했다.

× 옥수수 가루로 끓인 죽.

소설 속 아이의 아버지는 "신과의 관계가 좋지 않다". 예원의 어머니는 신과의 관계가 좋다. 어머니는 선교사다. 유니세프와 선교 기관에서 늘 어린아이들을 후원하고 돕는다. 엄마는 동정심이 많고 예원을 내키는 대로 팬다. 혼자서 때리다 힘들면 "쟤 좀 패봐"라고 아들한테 도움을 구한다. 아빠도 힘을 보탠다. 셋이 한꺼번에 달려들기도 하고 돌아가면서 때리기도 한다. 그들은 모두 독실한 신자다. 맞을 때 예원은 되도록 천국을 상상하려 하지만 그게 매번 성공하는 것은 아니다.

소설 속 아이는 가족 서커스단에 속해 있다. 실제로 페터라니의 아버지는 광대였고 어머니와 페터라니는 곡예사였다. 예원은 곡예사가 아니지만 몸이 유연하고 민첩하다. 주먹이 날아올 곳을 짐작해 재빠르게 피한다. 성공률은 꽤 높다.

아버지가 예원에게 여자는 밑을 깨끗이 해야 한다고 말한다. 딸이 잘 씻지 못해 병에 걸릴까 봐 아버지가 다정하게 물티슈로 닦아준다. 때로는 혀를 사용한다. 예원이 만났던 한 남자도 관계를 가질 때 다정하게 성경 말씀을 읊었다. (예원을 때리면서) "참는 자에게 복이 있느니라."

소설 속 아이의 언니는 미쳤다. 아버지가 그녀를 여자로서 사랑하기 때문이다. 언니를 본 아이는 미치지 않고 싶어 안간힘을 쓴다. 오빠와 아빠에게 번갈아 여자로서 대해졌던 예원도 한때 미쳤었다. 십대 시절 정신병원에 들어갔다. 가족도 원했고 예원도 원하던 바였다.

1 사랑의 기억

그래도 소설 속 아이가 조금 더 행복한 것 같다. 어머니가 가끔 폴렌타도 끓여주고 아이를 아빠 손에서 구출해낼 작전을 펼치기 때문이다. 예원이 열여덟 살 때 집을 나오자 그녀의 어머니도 가끔 용돈을 보내준다. 예원은 갑자기 궁금해졌다. 엄마가 혹시 날 사랑하는 걸까? "아니, 난 네가 없어서 정말 행복해!" 남편과 자기 배 속에서 나온 아들이 모두 제 딸을 여자로 대하니 엄마는 예원을 경쟁자로 여긴다.

소설 속에서 어머니가 서커스를 하느라 천장에 머리카락으로 매달려 있는 동안 언니는 동생을 진정시키려고 폴렌타 속에서 끓고 있는 아이를 상상해보라고 말한다. 얼마나 아프겠냐고. 예원에게는 천장에 매달린 엄마가 없고 폴렌타 속 아이를 상상해보라고 말해줄 언니도 없다. 대신 집을 나와 시설에서 함께 지낸 친구들이 있다. 예원은 자신이 특별히 불행하다고 생각한 적이 없다. 한 친구는 이렇게 말했다. "어릴 때 엄마가 나 세탁기에 넣고 돌렸잖아."

아이는 서커스 천막 바깥의 사람들을 부러워한다. 아이와 달리 그곳 사람들은 문맹이 아니고 읽고 쓰는 게 가능하기 때문이다. 예원은 학교 다닐 때 시험 점수가 10점이었다. 지금 예원은 제 발로 천막을 찢고 나와 읽고 쓰고 자격증 공부를 하고 있다.

소설 속 아이는 아빠를 떠나 외국으로 도피해 언어를 배우고 새 삶을 찾는다. 예원은 아빠로 인해 보금자리를 마련했다. 가족에게 범죄 피해를 당한 사실을 입증하면 나라에서 아파트를 임대해준다. 예원은 아빠를 성폭행범이라고 신고했다. 아빠는 감옥에서 4년을 살다 나왔다. 딸을 잡으면 죽이겠다고 말하는 아빠와 지금도 추격전을 벌이고 있다.

페터라니의 이 책은 폭력에 관한 책이다. 예원의 삶도 폭력에 관한 서사다. 페터라니는 그 후 훌륭한 작가가 되었다. 예원도 작가를 꿈꾼다. 소설 속 아이의 어머니는 자신들의 삶을 책으로 써줄 사람을 찾는다. 예원은 자기 가족 이야기를 써줄 사람을 찾지 않고 직접 동화를 썼다. 동화 제목은 "꼭두각시 아이의 잃어버린 시간을 찾아서"이다. 도서관에서 책을 열심히 읽은 덕분에 글을 쓸 수 있었다. 도서관은 풍부하다. 책도 많고, 남자도 많다. 도서관에서 남자가 예원을 강간했다. 그는 고등학교 교사였다. 예원은 또 경찰을 불렀다. 아버지에 이어 두 번째로 잡아가게 한 남자다. 예원은 삶의 비극이 자기가 여성인 데서 비롯된다고 생각한다.

소설 속 아이의 **"어머니가 말하는 우리의 이야기는 매일 다르다"**. 예원의 어머니도 하는 말이 늘 바뀐다. "사랑해. 네가 없어서 행복해. 사랑해. 너 거짓말 좀 그만해라."[※]

"정말 중요한 것들. 다른 사람들을 조심하기." 예원

[※]   예원의 어머니는 남편과 아들이 딸을 성폭행한 사실을 현재까지도 부인하며, 딸이 거짓말을 하는 것이라고 믿는다.

과 시설 친구들 모두 다른 사람을 조심하지 않다가 피해를 입었다. 예원은 4천만 원, 친한 언니는 8천만 원을 뜯겼다. 예원은 8천만 원을 뜯기고도 밝게 웃는 언니를 존경한다. 자신은 4천만 원밖에 안 뜯겼기 때문이고, 언니보다 네 살 어려 빚 갚을 나날이 더 많기 때문이다.

소설 속 아이는 언니에게 묻는다. "왜 신은 아이가 폴렌타 속에서 끓도록 허락했을까." 예원도 한때 신의 의중을 궁금해했다. "하나님, 제가 많이 미우신가요? 하지만 저는 당신을 미워하고 싶지 않아요." 요즘은 신을 떠올리지 않는다. 예원은 두렵다, 신자들이, 종교가. 예원을 망가뜨린 사람들은 하나같이 신앙심이 깊었다. 페터라니는 아이를 폴렌타 속에 끓인 이유를 세 가지로 추정하는데, 세 번째 이유는 이렇다. "아이가 죽자 신은 폴렌타 속에서 아이를 끓인다." 신은 늘 몹시 배가 고프기 때문이다.

배고픈 신이 무서워 잘 생각하지 않는 예원은 소설 속 아이처럼, 혹은 페터라니처럼 자기가 살던 세상을 빠져나왔고, 다른 언어를 배울 기회를 얻었다. 예원에게 '외국'이 되어주는 그 남자는 가끔 소설 속 아이의 엄마처럼 운다. 예원의 역사를 하나하나 되밟아나가면서. 그를 만나며 예원은 다른 언어로 말한다. 냄새나는 모국어를 버리고. 예원은 나와 만나 활짝 웃으며 폴렌타를 먹고, 왜 아이는 폴렌타 속에서 끓고 있을 수밖에 없었는가, 우리는 폴렌타 속에 빠진 아이들을 어떻게 구할 수 있을까를 생각해보기로 했다.

2

시간이 우리를 내려다본다

"인생 역시 처음에는 수많은 가능성을 가지고 출발하지만

퇴보를 멈출 수 없는 존재의 한계 속에서 천천히

삶의 신비로움을 잃고 불꽃을 하나하나씩 꺼뜨린다."

조르조 아감벤,「불과 글」

우리는 풍경 속에 위치하고
시간 속에 놓인다

캐슬린 제이미,『시선들』

갈등하고 서로 싸우는 부모 밑에서 자란 자녀는 때로 싸움 끝에 찾아오는 부모의 침묵을 가장 두려운 것으로 기억한다. 하지만 이런 유가 아니라면 침묵은 인간이 이룰 수 있는 가장 비범하고 환한 것이다. 캐슬린 제이미의『시선들』은 북극에 오로라를 보러 가 거기서 맞닥뜨린 침묵으로 시작된다. "침묵을 들어." 이런 강력한 모순어법은 작가가 자연에 오랫동안 귀 기울이며 터득한 문장이다. 자연의 언어는 인간의 언어와 반대되어 때로 '이제 당신은 사는 것보다 죽는 게 더 자연스러워' '아이를 그만 낳아주럼'과 같은 문장을 내뱉는다. 죽음과 출산 거부는 비극이 아니라면서. 오직 자연만을 주제, 소재로 삼고 있는 이 책은 얼음의 풍경, 뼈의 풍광, 파도의 목소리, 적갈색 황갈색 적황색의 계절 빛깔, 공기 냄새, 빙산 내음, 동물 사체들의 흔적을 보이고 들려주면서 자연이 고양시키는 삶의 환희로 당신을 이끈다. 거기에 가끔 인간의 총소리가 끼어든다.

제이미는 북극의 풍경을 보면서 자기 무리를 관중이 아닌 '청중'이라 부른다. 그들은 북극광에 걸린 하늘의 빛을 보는 중인데 이것을 청각과 연결 지어 침묵을 지키며 서 있는 행위라고 정의한다. 그 흔한 '숨이 멎을 듯한' 광경이라는 수식어는 없고 새로운 감각으로 문장이 발굴된다. 무리 중에는 기껏 북극의 장관을 보러 와서는 너무 춥다며 선실에 꼼짝 않고 누워 있는 이들도 있다. 대단한 산을 눈앞에 두고 "나무랑 돌뿐이잖아"라고 말하는 어린아이들처럼. 혹은 산에 올라가기보다 입구에서 음식과 술만 잔뜩 먹고 등산은 하는 둥 마는 둥 하는 사람들처럼. 이건 까막눈 인간들이 한 번씩 저지르는 실수다.

북극 오로라를 보러 오는 이들은 저마다 품은 목적이 있다. 제이미와 같은 방을 썼던 폴리는 자신의 사연을 털어놓는다. 이런 비범한 여행은 건강해서 들뜬 이들이 결심하기란 어렵다는 듯이. 폴리는 젊었을 적 큰 병에 걸렸고 이후 삶은 저절로 바뀌었다고 한다. 오장육부 어딘가가 고장 나면 인간은 희한하게도 가장 먼저 마음이 바뀐다. 저자는 그렇게 병자가 되어 마음이 변하는 일을 "빙산이 충돌하는 것" "마음의 어둠 속에서 북극광처럼 들썩거리는" 것에 비유한다. 여행지에서 만난 폴리가 이런 언어를 떠올리게 해주었으니, 여행은 선물과도 같다는 말이 딱 맞다.

『시선들』은 총 열네 편의 에세이를 담고 있고, 그중 「병리학」은 어머니의 죽음에 관한 것이다. 이 글을 읽던 찰나에 나는 절친 어머니의 부고를 들었다. 내 어머니가 아니지만 내 어머니의 죽음처럼 속이 메스껍고 울렁거렸다. '죽음은 타자화의 과정'이라 한다. 하지만 그건 죽어가는 사람 입장에서 그리 느끼는 것일 뿐 산 자들은 절대적인 상실을 가슴에 새긴다. 내 친구는 지금 어떤 심정일까? 제이미는 폐렴으로 돌아가신 어머니의 죽음이 재앙보다는 '해방'에 더 가까웠다고, 이것은 시간이, 자연이 하는 일이라고 말한다. 과연 내 어머니, 내 친구 어머니의 죽음에 대해서도 우리는 '자연스럽게' 조용히 내면으로만 흐느낄 수 있을까. "죽음은 슬프지만 자연에 있어서 꼭 필요한 부분"이라고 제이미처럼 입 밖으로 뱉을 수 있을까. 사실 타인의 부모가 자연으로 돌아갔다고 우리가 말할 수 없는 것은 윤리 감정에 위배되는 것처럼 여겨지기 때문이다.[✕]

  저자는 이내 아주 깊은 시간을 보유하고 있는 신석기시대, 청동기시대의 유물들이 진열된 스코틀랜드 국립박물관 지하실로 독자들을 안내한다. 그곳에서 뼈를 관람하면서 저자는 십대 시절 대학 진학은 생각도 않고 한 발굴작업에 참여했던 기억들을 떠올린다. 일꾼이 되어 야외에

✕ 로베르 에르츠의 『죽음과 오른손』에서는 여러 부족의 죽음 예식을 살펴보는데, 올로옹아주족은 사망한 날부터 마지막 의식이 거행되기까지 1년이 걸리기도 한다고 밝힌다. 많은 경우 시신을 마지막으로 예우하기까지 최장 10년도 걸린다는데, 이 책을 읽으면서 난 제이미에 동의하면서도 이들의 격렬하고 지속적인 감정이 십분 이해되기도 했다. 로베르 에르츠의 말처럼 "이 내밀한 지식(죽음에 대한 감정)의 가치를 의심하고 오직 마음으로 접근할 수 있는 문제를 논리적으로 따지려고 하면 터무니없고 불경스럽게 보이게 마련"이기 때문이다.

서 모르는 사람들과 공동체를 이룬 채 오로지 자연에만 둘러싸여 지냈던 경험은 "가능성으로 충만해 있던" 여름이었다. 그런 그녀의 기억은 나를 로키산맥에 위치한 미국 중부의 콜로라도스프링스로 데려다놓는다.

스무 살에 나는 친구들과 미국에 갔고, 한 달 동안 콜로라도스프링스에 있는 한 공동 숙소에서 지냈다. 온통 산으로 둘러싸인 그곳에서 산책할 때는 노루와 마주쳤고, 아침에 일어나면 밤새 곰이 집 앞 쓰레기통을 뒤지며 다녀간 흔적과 마주했다. 안개와 산과 찬 공기만 있는 그곳은 '진짜 삶'이란 뭘까를 생각할 때 떠오르곤 한다. 우리가 자연에서 배제되지 않은, 혹은 자연을 배제하지 않은 그곳에서의 기억은 삶의 원형처럼 간직되어 자본제적 삶이 거짓처럼 느껴질 때마다 참된 삶의 가능성으로 나타나곤 한다. 그곳에서 사람들과 같이 먹고 자고 수많은 이야기를 나눴는데도 지금 기억나는 것은 노루와 곰과 산의 공기뿐이다. 출판인 강맑실이 산에서라면 죽는 것이 두렵지 않다고 말한 것이나, 최현숙 작가가 죽어 산속 새들의 밥이 되었으면 한다고 말한 것은 죽으면 자연의 품으로 돌아가 퇴비가 되고 부식토가 되는 것이 알맞기 때문이리라.

『시선들』곳곳에 시선이 머물지만, 가장 특별하게 다가온 문장은 이것이다. "우리는 풍경 속에 위치하고 시간 속에 놓인다." 내가 요즘 가장 자주 마주하는 풍경은 무엇일까. 집 뒤편과 회사 뒤편에 세워진 높이 5미터가량의 공사 가림막이다. 이로써 햇빛을 잃었고, 시선 둘 곳을 잃었다. 눈이 향할 곳이 없자 숨이 잘 쉬어지지 않는다. 하지만 눈앞을 막는 벽들은 모두 합법의 영역에 속한다. 합법이라도 이건 너무하지 않느냐고 따지려든다면 상대방은 당신이 집 지을 때도 그러지 않았느냐고 되물을 것이다. 반론을 미리 상상하면 쉽게 체념하는 자세가 된다. 이처럼 풍경이 가로막힌 삶은 매일 조금씩 원한을 축적하게 해 이웃을 향한 시선은 경멸 어린 것이 되고 만다. 린 마굴리스가 낯선 것들 사이에서 오래 지속되는 친밀성을 통해 생명은 진화한다고 했으니, 친밀하지 못한 나와 이웃들은 머잖아 도태될지도 모른다.

　　　이런 인간들을 일깨우는 것 중 하나가 동물이다. 「가넷 서식지」라는 글에서 가넷의 운명을 관찰하던 저자는 인류가 자식을 적게 낳거나 아예 낳지 않는 방향으로 나아간 것은 "파국을 면"하게 했고, "우리 자신과 수많은 다른 종들을 미래로 이끌 수 있게" 했으니 그 절약 정신이 빛나며 미래 전망을 틔워준다고 본다.[※] 도나 해러웨이와 같은 페미니스트들도 지구의 파국을 면케 해주는 이러한 절약을 자연스러운 흐름으로 본다. 아이를 낳지 않는 것을 염려하는 각국의 정부와 달리 이 부정적인 현상에서 더 나은 미래를 발견한다.

　　　자연을 찾아 떠나는 작가의 발걸음에는 늘 따라붙는

[※]　　　이는 캐슬린 제이미가 에드워드 윌슨의 말을 인용하며 자신의 생각을 서술한 것이다.

것이 두 가지 있다. '침묵' 그리고 '기억'. 베르겐 자연사박물관에 가서도 고래의 묵직한 뼈들을 보며 뼈들이 침묵하고 있다고 말한다. 거기에는 인간에게 포획되어 엄청난 울음을 쏟아냈을 고래의 고통이 스며 있고, 인류가 저지른 핏빛 역사의 기억도 보존되어 있다. 전시된 것은 뼈이지만, 그 뼈들은 인간이 발라냈을 살을 연상시킨다. 그래서 관람객은 자연사박물관에 가면 뼈를 통해 '형이상학'의 세계로 빠져들며 이런 질문을 던지게 된다. 어디까지 잔인해질 수 있는가.

이럴 때 우리가 떠올려야 할 한 가지는 도나 해러웨이의 '자식이 아니라 친척을 만들자'는 말이다. 친척은 반드시 인간으로만 한정되지 않는다. 나바호추로 양, 난초, 여우원숭이, 해파리, 바다표범 등이 친척이 될 수 있다. 그리고 '인류세'처럼 부자들을 위한 거만한 단어 말고 '자본세'라는 단어를 써서 비판 지점을 명확히 해야 할 것이다. 정확한 시선은 나무 한 그루도 예사롭게 보지 않도록 하며, 우리 시대 소설이 품는 주제와 미학의 새로운 길을 열어낸다.

너희는 우리보다
오래 살아남아야 해

리처드 파워스, 『오버스토리』

나이를 먹는다는 것은 매해 알게 되는 나무 이름이 늘어난다는 뜻이다. 동시에 매일 제거되는 나무를 점점 더 많이 목격한다는 뜻이다. 수형과 이파리 모양을 보고도 무슨 나무인지 몰랐던 무지함이 약간 옅어지려던 때에, 넉 달 전 나는 정원을 일관성 있게 디자인하겠다며 집 마당의 수령 20년짜리 대추나무 한 그루를 베었고, 한 달 전 집 앞 식당의 새 주인은 리모델링을 하면서 15미터짜리 메타세쿼이아 일곱 그루를 베어냈으며, 일주일 전에는 파주시가 도로를 내면서 수십 년 된 포플러나무들을 잘라냈다. 소유 욕망을 가진 이들에게 심사숙고란 없다. 나무는 걸리적거린다. 꽤 넓은 토지 면적을 임의적인 위치에서 차지하고 있어 설계와 디자인을 할 때 방해물이 된다. 그런 탓에 파주 시민들은 요즘 한마음으로 나무 베는 일에 열중하고 있다. 마치 1791년 파리의 혁명가들이 자신들이 상상하는 자유로운 광장을 만들고자 앞다투어 초목과 판잣집들을 쓸어버렸던 것처럼(파주 일대를 개발하는 P씨는 어떤 불모지든 집을 지을 수 있는 땅으로 만드는 대단히 능력 있는 사람으로 평가되는데, 그의 능력이 모든 땅을 추상적인 제곱미터의 필지로 만들면서 개발은 급속도로 이뤄지고 있다).

　　호엘, 미미, 어피치, 브링크먼, 카잘리, 파블리첵, 닐리, 웨스터퍼드, 올리비아. 아홉 명의 주인공이 등장해 미국 역사의 한 페이지씩을 열어젖혔다가 생의 내리막길을 밟기까지의 내용을 담은 『오버스토리』는 가장 아름다운 소설에 들 만하다. 리처드 파워스는 누구도 보여주지 않은 방식으로 자기 나라의 역사를 다시 쓴다. 주인공들의 출생과 성장이 그 시기 실제 미국 숲의 탄생과 병듦, 죽음의 역사와 병치되어 펼쳐지는 것이다(미국은 이런 역사 무대가 되기에 적합하다. 세계에서 가장 오래된 나무 중 하나는 미국의 강털소나무이고, 세계에서 가장 큰 나무 중 하나도 캘리포니아주 레드우드 국립공원에 있는 미국삼나무들이기 때문이다). 나무나 숲의 관점에서 보자면, 미국은 여태 끔찍한 순간들을 잘도 넘겨왔다. 베는 만큼 묘목을 더 심는다는 정책을 내세우지만, "젊고, 관리하기 쉽고, 동일한 나무들은 숲이라고 부를 수" 없다.

　　주인공 패트리샤 웨스터퍼드는 1940년대생으로 추정된다. 그녀와 그녀의 식물학 스승인 아버지는 호모사피엔스를 상대하는 데 서툰 성격이어서 둘은 동년배 무리와 섞이기보다 숲을 친구 삼아 관찰하는 것이 소일거리다. 친구가 거의 없었던 섬세한 성격의 소유자 웨스터퍼드는 커서 식물학자가 되는데, 획기적인 주장을 펼침으로써 학계의 이단아로 내몰린다. '숲의 모든 나무는 유기적으로 연결되어 있어 한 나무를 베면 다른 나무까지 고통받는다.' 이에 동료 학자들은 반격을 가하며 그녀의 밥줄을 끊어놓았고, 그녀는 사회의 눈을 피해 상자를 분류하거나 바닥을 청소하는 등 하류의 일자리를 떠돈다. 이런 내용은 실제 역사인물인 1900년대 초의 생태학자 프레더릭 에드워드 클레먼츠를 떠올리게 한다.[*]

클레먼츠는 생태학 역사상 가장 큰 논쟁에서 패배한 사람으로, 나무들이 경쟁자이자 협력자로서 집단을 이루어 서로 반응한다는 주장을 폈다. 학계의 주류는 이에 대해 나무들은 서로 독립적으로 생존한다는 주장으로 맞섰다. 결과는 클레먼츠의 대패였다. 하지만 그의 주장은 뿌리 뽑히지 않고 땅속 깊은 곳에서 숨죽이다가 1977년 산림학 박사과정에 있던 재닌 베니어스에 의해 되살아난다. 베니어스는 어느 날 오랜 역사를 품은 뉴저지의 숲에서 간벌 작업을 하던 중 왜 멀쩡한 나무들을 계속 솎아내야 하는 걸까 하는 의문이 들어 지도교수에게 물었다. "교수님, 옛날 숲은 간벌하지 않아도 건강했던 것 같은데요. 나무들은 서로 그룹화하면서 자라는 것 아닐까요?" 이에 대한 지도교수의 대답은 위협적이었다. "클레먼츠처럼 굴지 마라. 개처럼

---

[*]　폴 호컨의 『한 세대 안에 기후위기 끝내기』에서 리처드 파워스의 작중인물 패트리샤 웨스터퍼드는 수잰 시마드라는 실존 인물을 모델로 삼은 것이라고 밝혀져 있긴 하다.

굴면 넌 대학원에 들어오지 못할 거야."

1977년은 숲에게 복된 해이다. 생태학자 레이 캘러웨이도 그해에 시에라네바다에서 오크나무를 구해내고 있었다. 그 역시 당대 학자들의 입장과 달리, 오크나무가 주변 잡초들과 상생하는 게 아닐까 싶어 면밀한 조사를 벌였다. 2년 반 동안 오크나무와 초지草地의 상호작용을 측정한 캘러웨이는 일반 초지보다 오크나무가 자란 초지 속 영양소의 총합이 최대 60배는 더 크다는 것을 보여주었다. 그는 식물들이 서로 이웃이라는 관점을 뒷받침해줄 천 가지 이상의 연구들을 모아나갔다.* 그러니 200년 가까이 인간은 공연히 나무를 베고, 솎아내고, 묘목을 다시 식재하는 어리석음을 되풀이한 셈이다.

어린이와 젊은이는 대체로 식물에 무관심하다가 나이 먹으면서 식물을 보는 눈이 생긴다. 초등학교 때까지 마당 있는 집에 살았던 나는 거기 있던 나무들을 하나도 기억하지 못한다. 그 시절 가을 소풍은 산으로 가서 낙엽 위에 돗자리를 깔고 도시락을 먹는 식이었지만, 중고등학생 때 올림픽공원과 롯데월드가 생기면서 숲으로 소풍 가는 일은 더 이상 없었다. 그로부터 낙엽이 지고 새순이 돋기를 열세 번. 네 번의 연애, 한 번의 취업과 한 번의 결혼, 한 번의 창업이 있었다. 투룸 오피스텔에서 1년간 살면서는 집에 화

---

* 클레먼츠와 캘러웨이에 관한 이야기는 폴 호컨의 『플랜 드로다운』
   에 자세히 나와 있다.

분 하나 들이지 않았고 창밖으로 늘 마주하는 것은 다닥다닥 붙은 에어컨 실외기였다. 그 뒤로는 매해 식물과 점점 가까워지는 삶이었다. 창업한 출판사의 첫 책으로 『나무열전』을 펴내고 집에 식물을 들인 뒤 매해 식물 책 기획과 새로운 식물의 입양은 연례행사가 되었다.

연례행사는 또 있다. 반복되는 목격이다. 중학생 남자아이가 발로 나무를 계속 찬다. 아빠는 옆에서 응원하며 나무를 흔들어댄다. 도토리가 우수수 떨어지자 비닐봉지에 얼른 주워 담는다. 시市에서는 '나무가 아파요. 발로 차지 마세요'라는 푯말을 세웠지만, 도토리에 눈먼 이들은 문맹이다. 도토리 수확 계절이면 이곳에 살지 않는 노인들도 몰려와 가세한다. 가로수의 70퍼센트가량이 도토리나무인 출판단지를 걷자니 땅에 눈을 박고 도토리를 향해 돌진해오는 사람들의 속도와 집념이 무섭다. 물론 도토리나무, 밤나무는 수많은 인간을 먹여 살려왔다. 책 속에서 니컬러스 호엘의 가족과 이웃들, 그리고 조지아주부터 메인주까지 미국의 수십 수백만 사람들이 밤을 먹으며 허기를 달래었듯이.

이 책의 주인공들은 어느 순간 한 장소에서 조우한다. 바로 대규모 벌채를 반대하는 시민들의 시위에서다. 그들은 아마추어 식물 애호가이자 급진적인 생태주의자로서 개발주의자나 공무원, 인부들에게 비난의 시선을 받는다. 일자리를 잃고 시위에 가담하거나 혹은 시위를 하다가 일자리를 잃는 그들의 삶은 녹록지 않다. 하지만 식물을 좋아하는 이들은 늘 호감을 불러일으킨다. 공학도 미미 마와 함께 나무를 지키려고 시위에 뛰어든 막일꾼 더글러스 파블리첵은 미미가 시위 진압자들에 둘러싸여 두려움에 떨자 "괜찮아요. 내 머릿속으로 내가 당신에게 팔을 두르고 있어요"라며 진정시킨다. 이 말은 그 어떤 사랑 고백보다 가슴 떨리게 한다. 부상으로 한쪽 다리를 절룩이는 데다 떠돌이로 직업도 일정하지 않은 그가 단번에 좋아지는 이유다. 나 또한 만나는 사람들이 반려 식물 이야기를 하면 그가 누구든 더 좋아졌다. 반면 식물을 자꾸 죽이기만 하는 사람에게서는 조용히 관심을 거두어들였다.

　　사실 꽃과 식물을 애호하는 사람들이 정원을 가꾼다지만 이것 역시 급진적인 환경보호론자들 입장에서 보면 비판받을 것이 많다. 모양이 예쁘지 않으면 잘라내고, 잡초가 자라면 계속 뽑고 물을 많이 필요로 하는 식물을 식재하는 것(전기세도 많이 든다)은 비판의 여지가 있다. 나는 마당의 대추나무를 베어내고 마타리, 수국, 파니쿰 헤비메탈, 자엽병꽃나무, 떡갈잎수국, 자엽국수나무, 노루오줌, 촛대승마, 풍지초, 호스타, 휴케라, 붉은조팝, 숙근제라늄, 추명국, 목수국, 산단풍, 즈이나를 심었지만, 단풍나무를 제외한 이 자잘한 풀과 꽃들은 과연 탄소 저감에 얼마나 도움이 될까. 생태학은 인류 전체의 일이기에 "배제된 자를 해방시키자는 맥락에서 생태학을 사유해야 한다"고 주장하는 슬라보예 지젝은 뉴에이지스러운 환경보호론자나 에코적 마인드를 홍보하는 기업들을 거부하며 우리에겐 "진짜 우림"이 필요하다고 소리 높인다.[×] 우림에는 썩은 나무가 가득한데 이는 새로운 나무를 키울 모판이 되어주며, 득시글한 해충은 도나 해러웨이의 말처럼 우리가 친척으로 삼아 공생해야 할 관계다. 그러니 자본주의에 반하는 마음 없이, 혹은 기후위기에 급진적으로 대처하는 자세 없이 정원에 풀 몇 포기 키우는 것은 '그린 시크green chic'에 집착하는 자유주의자에 불과할지도 모른다.

"메시아가 왔을 때 당신이 손에 묘목을 들고 있다면, 우선 묘목을 심고 그다음에 나가서 메시아를 맞으라." 책 속의 이 구절은 인류를 구원하기 위해서 종교보다 나무 심기가 더 중요하다고 강조하고 있다. 벌목 반대 시위를 벌이다가 비극적이게도 올리비아는 불에 타 죽고, 나머지 동료들도 방화범으로서 평생 쫓기는 삶을 살게 된다. 그리하여 소설 속 생태론자들은 독자를 비탄에 빠뜨린다. 하지만 행여 인류가 사라지더라도 나무들은 반드시 살아남아야 한다. 파블리첵이 나무 한 그루씩 심을 때마다 했던 작별 인사처럼 나도 되뇌인다. "버텨. 100년에서 200년 정도만. 너희들한테는 어린애 장난 같은 거지. 너희는 우리보다 오래 살아남아야 해. 그러면 너희를 건드릴 사람은 아무도 남지 않을 거야."

그렇게 아무도 남지 않을 냉기 도는 도시를 우리는 지금도 계속 건설하고 있다.

[×]   이언 파커 외, 『지젝, 비판적 독해』.

어떤 몸과 돌이 될 것인가

리처드 세넷,『살과 돌』

하체가 길고 날씬하며 상체는 풍만해 위풍당당해 보이는 안현진 씨는 운동선수 집안에서 태어나 체력적 우월감이 두드러진다. 하지만 그녀의 가족들은 근육 외에 살도 많은 그녀의 몸매를 보며 매일 타박했다. "이런 몸으로 살고 싶니?" "누나 뚱뚱해서 쪽팔려." "뚱뚱한 게 어울리지도 않게 왜 그러고 나가?" 마지막 결정타는 이것이다. "사람들이 무슨 죄야?"* 그들은 딸의 몸매 때문에 타인들의 눈이 더럽혀질까 봐 전전긍긍하며 한 사람을 부숴버렸다.

소크라테스 역시 인류가 2천 년 이상 외모 비하를 해온 인물이다. 그를 보면 푹 꺼지고 펑퍼짐한 들창코가 먼저 눈에 띄는데, 두상 조각을 뜯어보면 목도 짧은 데다 쇄골 추남이다.** 하지만 고전학자 아먼드 단거는 소크라테스의 외모에 대한 사람들의 평가가 실제와 다른 폄훼였고,

---

* 김지양,『몸과 옷』.

거기엔 악의가 깃들어 있다고 본다. 단거는 오히려 소크라테스가 당대에 동성과 이성 모두에게 얼마나 섹스어필했는가를 여러 자료를 근거 삼아 추적한다(소크라테스는 육십대의 나이에도 젊은 연인을 사귀었다). 성적 매력은 아테네 시민들에게 긍정적 요소로 여겨졌기 때문이다.

현대 여성과 고대 남성의 육체를 화두로 꺼낸 이유는 기원전부터 오늘날까지 도시(돌)의 역사는 인간의 육체(살)와 핵심적인 관계를 맺고 있어서다. 고대 아테네에서 시민들이 자질을 기르기 위해 다녔던 김나지움은 옷으로 가리지 않고 맨몸으로 다니는 것을 문명의 성취로 여겼고, 접촉도 자유롭게 이루어졌다. 리처드 세넷의『살과 돌』은 이처럼 도시설계와 건축을 인간 육체의 경험으로 풀어낸 역사서라 독창성과 지적인 면에서 빛을 발한다. 도시는 신체적·사회적 지위에 따라 자유롭게 벗거나 (여성이나 노예에게는) 꽁꽁 싸매도록 권했고, 늘 함께 어울리거나 아니면 (가난한 이들을) 쳐내면서 자기 영역에 선을 그어 방어해온 장소인 까닭에 신체, 그리고 접촉과 반드시 엮일 수밖에 없다.

세넷이 관찰하는 현대의 도시설계는 접촉의 두려움과 맞물려 있다. 부유한 지역 사람들이 가난한 동네 사람들과 교통이 단절되게끔 구획을 지은 것을 보면 여실히 드

××   당시 관상학적 교리로 유명했던 조피로스는 소크라테스와 같이 쇄골이 움푹 패지 않고 막힌 사람들은 "바보 같고 머리가 둔하다"라고 말했다(아먼드 단거,『사랑에 빠진 소크라테스』).

러난다. 사십대 여자인 나도 길을 걸을 때 접촉의 두려움을 느낀다. 신체 접촉이 전혀 없어도 아이 콘택트를 하는 순간 나에게 위해를 가할지도 모른다고 상상되는 사람들이 있다. 내가 피하는 눈은 지저분한 옷을 입고 술에 취한 남성들의 것이다. 지하철 안에서 마주치면 다른 칸으로 이동하거나 혹은 하차 후 다음 열차를 탄다. 얼마 전에는 파주 금촌시장의 한 식당에 갔다가 막노동꾼 차림의 육십대 남성이 술에 취해 소리 높이는 걸 보고 나는 마치 범죄 현장에 있는 듯한 공포를 느꼈다("쌍년아 네가 뭔데 나를 무시해?"* 여자들은 이런 문장을 난데없이 들을 위험이 있다). 아테네의 시민들은 낯선 사람과 눈을 똑바로 마주쳤다는데 나는 그러지 못하며, 롤랑 바르트가 말한 '이미지-목록 image-répertoire'을 사용한다. 위험인물로 감지되면 분류 능력을 발휘하여 눈을 내리깔고 걸음을 서두를 것!

반대로 일행이 나에게 한 번도 아이 콘택트를 하지 않은, 경멸받은 경험도 있다. 10여 년 전 한 기자와 편집자 세 명이 만났는데, 그중에서 나만 홀로 여자였다. 저자이자 기자인 그는 "여성들과 일하는 것은 달갑지 않다. 능력이 떨어지기 때문이다"라며 함께한 세 시간 동안 다른 두 남자와만 눈을 맞추고 대화했다(그 자리에서 비천한 취급을 받자 나는 갑자기 몸이 아파졌다). 눈 맞춤 역시 접촉으로 볼 수 있는데, 도시에서 이런 경험은 남성을 과도하게 경계하

---

* 캐럴라인 크리아도 페레스, 『보이지 않는 여자들』.

고 위험 요소로 여기게 만드는 한 가지 요인이 되거나 그들로부터 무시받는 강력한 기제가 된다.

세넷은 돌과 살이 고대, 중세, 근대, 현대에 어떻게 관계 맺기를 달리해왔는지 종교와 상업, 사상, 정치와 시민의식의 굵직한 변화 속에서 살피며, 인상적이게도 오늘날과 같이 종교가 쇠락한 시대에도 종교의 끈을 끝까지 놓지 않고 그것과 도시의 관계를 추적한다. 그는 기본적으로 돌이 살의 접촉을 받아들이느냐 그렇지 못하느냐를 판가름하며 도시의 도덕성을 판단한다. 즉 육체는 중요하다. 그중에서도 약한 육체는 더더욱 중요하다. 왜냐하면 "우리의 육체에 강제된 불행한 경험이 우리가 사는 세상을 더 잘 인식하게 만"들기 때문이다. 이것은 절망 속에서 틔우는 희망의 싹과도 같은 말인데, 『헝거』의 저자 록산 게이가 십대에 집단강간을 당하고 이후 폭식으로 인해 비만의 폐허가 된 몸으로 세상에 강하게 저항할 수 있었던 것만 봐도 알 수 있다. 마찬가지로 안현진 씨를 포함해 『몸과 옷』에 나오는 뚱뚱한 여자들은 한 명 한 명 도시를 새롭게 인식하도록 만드는 귀한 몸이다. 그것은 시선이 지배하는 도시의 질서를 자신의 패션과 인식으로 균열 내고 도시의 조화를 부조화로 바꾸는 악기가 되기 때문이다.

그리스의 잘생긴 시민 남성의 육체에서 도시 탐구를 시작하는 세넷 역시 그늘 속에 있는 여성의 육체를 끊임없이 주시하며 그녀들이 대낮의 세계가 아닌 어둠의 세계를 확장함으로써 도시에 어떤 가능성을 불어넣었는지 그 의미를 규명한다. 우선, 그는 고대 로마에서 비극을 상연할 당시 관객들이 복종적인 '여자'의 자세가 되어 비극의 배우들에게 공감하는 것을 눈여겨본다. "그리스비극은 인간 육체가 강인함과 완전함이라는 그 이상에서 가장 멀리 추락한, 파토스라는 비정상적 상태에 놓인 것을 보여주며 (…) 사람들은 수동적이고 상처받기 쉬운 자세에서 밑에서 말하는 벌거벗은 목소리를 들었다." 수그리고 경청하는 자세가 '공감'으로 직결될 수 있는 것이라면, 책 읽는 독자 역시 수동적이고 상처받기 쉬운 자세에서 무방비 상태로 타인의 목소리에 귀 기울이는 소중한 시민이다.

한발 더 나아가 '피해자=생존자'들의 '살'을 보자. 친족 성폭력 생존자들은 폐허가 된 몸으로 도시 광화문광장에 나와 매달 마지막 주 토요일에 시위를 하고 있다. 그들은 정신력으로 무장하고 마치 씩씩한 사람처럼 이곳에 나오지만, 자신이 친족 성폭력 생존자라는 피켓을 30분만 들고 서 있어도 다리에 힘이 풀리며 무릎은 저절로 꿇리고 눈에서는 눈물이 흐른다. 시위에 한 번 참가했던 예원은 시위 도중 주저앉아 울었다. 세넷이 주목한 도시의 훼손된 몸들은 인식의 지평이 보통 사람들보다 넓다. 반대로 훼손되지 않은 몸들은 자기 육체를 자부할지 모르나, 그것은 다른 말로 하자면 타인의 몸을 세심하게 읽지 못하는 무능력이다.

주거 안정에 대한 욕망이 폭발적으로 터져 나오는 이 시대에 이 책은 고대 로마인들 역시 좋은 주거에 대한 욕망을 실현하기 위해 이웃과 담을 쌓고 필지를 최대한 늘리며 정원을 가꿔왔음을 보여준다. 로마에서 집의 기하학은 그곳에 사는 사람들의 계급, 예속관계, 연령, 재산을 보여주었다. 이는 2천여 년이 지난 지금도 변하지 않았다. 성장으로 인해 질식해가는 도시에 살지언정 청년들은 시골을 택하지 않고 도시의 단칸방에 둥지를 튼다. 경제적 하위계층의 '집이 아닌' 방은 5·18민주화운동 피해자로 평생 불안증을 앓아온 알코올중독자 오동찬 씨의 방 풍경과 다를 바 없다. 1980년 5월 전남 화순에서 광주로 다이너마이트를 옮겼다가 경찰에 붙잡혀 고초를 겪은 오동찬 씨의 방에는 방석과 이불이 뒤편에 쌓여 있고, 술과 콜라와 약병이 방바닥에 놓여 있다. 그가 앉은 자리 바로 옆에는 종량제 쓰레기봉투가 있다. 마치 그는 이 방에서 머잖아 삶을 마감할 것처럼 과거의 트라우마에 붙잡혀 자기 공간을 계속 축소시키고 있다.[*]

나는 최근 서울에 소유하고 있던 소형아파트를 매물로 내놓았다. 전세를 끼고 보유하고 있던 이 집은 작은 평수임에도 가격이 엄청나게 치솟았는데, MZ세대인 예비 신혼부부는 흔쾌히 값을 치르며 결혼과 동시에 주거 안정을 획득했다. 나 역시 그 돈을 들고서 파주에 정원이 딸린 집을 계약하러 얼른 발길을 옮겼다. 도시에서 자주 접촉

---

[*]   박준배·이수민 기자, 「"제발 문 두드리거나 벨 누르지 말아주세요"」, 〈뉴스1〉 2021년 12월 4일 자 참조.

하게 되는 생존자, 노숙인, 은둔형외톨이들을 뒤로하고 차가운 영혼이 되어 벽으로 둘러쳐진 집을 사러 돌아다녔다. 나는 다음 질문 중 어떤 것을 더 소중히 여기고 있을까. 첫째, 너는 어디에 속하는가? 둘째, 너는 다른 사람들에게 어떻게 반응하는가? 첫째가 추구하는 것은 '분류'이고, 후자가 원하는 것은 '연결'이다. 혹시 나는 스치듯 잠깐 '연결'하는 가운데 고립감을 살짝 지운 다음, 중세 파리가 부흥하던 시절 사람들이 돌에 투자하려는 욕망을 한껏 키웠듯이 '살'보다 '돌' 쪽으로 기운 것은 아닐까. 세넷에 따르면 "육체는 오직 홀로 있을 때 (⋯) 차가워지고 둔감해"진다. 알렉시 드 토크빌이 『미국의 민주주의』에서 개인주의로 인해 사람들이 서로를 무관심하게 견뎌내는 질서가 생길지도 모른다고 우려했던 것, 타인에 대한 자극과 수용의 수준을 낮춰 타인에게서 멀어질 수도 있다고 세넷이 우려했던 것이 지금 내 살을 통과하고 있는 것은 아닐까. '돌'을 추구하다가 내 '살'이 차가워진 후에도 나는 돌담으로 차단한 사각의 공간 안에서 과연 안락함을 계속 느낄 수 있을 것인가. 이때 그리스비극의 관람자처럼 내 몸을 낮추고 웅크리며 벌거벗게 해줄 것은 무엇인가. 베르길리우스의 『전원시 Eclogae』나 한가롭게 읽으면서 은퇴한 노인처럼 대지의 작물을 얻은 뒤 "평화는 확실하고 내 삶은 나빠질 수 없다"고 웅얼거릴 것인가. 내 삶은 어떤 방식으로 취약해져 돌의 둔감함을 떨쳐낼 수 있을 것인가. 그 단초를 작은 걸음 하나에서 보여주는 시인이 있다.

산책하는 걸음 하나하나가
시 쓰기

한정원, 『시와 산책』

『시와 산책』을 쓴 한정원 작가는 이름이 '정원'이어서 식물 애호가인 나로서는 그런 이름을 갖고 있다는 게 몹시 부럽다. 그는 이름만큼 재능 있고 존재가 오롯하며, 정갈하다. 다음에 읽을 책은 당신이 현재 읽고 있는 책에 암시되어 있다고 누군가 말했지만, 『시와 산책』을 읽고 나서 나는 다른 책 읽기를 시도해봤으나 몇 페이지 못 가 책장을 덮고, 또 덮었다. 눈처럼 하얀 것은 눈 그대로 두어야지 볕을 끌어다 마구 비춰 눈석임물이 되어 흙으로 돌아가게 하면 안 될 것 같다. 독자가 때로는 '계속 읽기에 대한 거부'를 할 수밖에 없다는 것을, 읽지 않는 휴지기를 길게 가져야 한다는 것을 이 책은 알게 해준다.

제목에서 보듯이 '시'와 '산책'에 대한 책이지만, 우정, 총합, 과정, 시간, 나 아닌 나에 관한 책이기도 하다. 또 벌레, 고양이, 소리, 아름다움에 관한 책이기도 하고.

사랑이 많은 이는 '과정'을 소중히 다룬다. 그러지

않으면 모든 것이 산산이 부서질 것처럼. 동료 편집자 은아는 중국과 한국의 가난을 조사·연구하는 인류학자 조문영을 만나러 신촌에 있는 대학에 갈 때 파주에서부터 영상을 찍고 메모를 한다. 한강 풍경, 길에 핀 꽃, 교정에서 본 사람들. 과정은 총합을 이루기 전 단계의 파편들이다. 파편은 귀하다. 모여서 언젠가 덩어리나 형태를 이룰 테니까. 그것은 시원을 담은 하나의 조각들인데, 나는 누군가를 많이 좋아하면 그의 시원을 찾아 거슬러 올라가고 싶어진다. 그리고 시원은 늘 그 사람의 어머니다. 『병원의 사생활』을 쓴 김정욱 작가에게도 말한 적이 있다. "선생님 어머니를 한번 뵙고 싶네요." 우리는 일로 만난 사이지만, 좋아하면 경계를 허물고 싶어진다. 하지만 그와 나 사이의 거리가 질식할 듯 좁은 것보다는 그 사이에 수많은 무언가가 놓여 징검다리가 돼주었으면 좋겠다. 저자와 편집자 사이니 원고 쓰기와 피드백이 가장 좋은 다리가 될 수 있으나 그것만으로는 부족하다. 때로는 직접적인 경외의 말도 건네는데 거기에는 애착으로 인한 일시적 과장이 섞여 있을 수도 있다. 그러니 나는 무언가 중간 매개체가 있길 바라며, 그것이 바로 상대의 엄마였으면 하는 것이다.

'길'에 답이 있을 거라 기대하며 역사상 수많은 사람은 길을 나섰다. 거울 속에서 답을 찾는 것은 나르시시스트에게나 어울릴 일이므로 나 자신만 마주하는 내 집, 혹은 닮은 꼴의 내 가족을 일단 벗어나야 했다. 하지만 길은 '내면'에 있음을 또한 수많은 작가가 간파했듯이, 우리는 너무 많은 풍경으로 사유할 틈을 주지 않는 여행을 떠나기보다 오히려 산책을 택한다(여행은 겉으로 들뜨게 하고 산책은 속으로 충만하게 해 여행 전문 작가들은 산책하듯 여행을 하기도 한다). 저자에 따르면 산책하는 걸음 하나하나는 마치 시를 쓰는 것과 같다. 산책하며 만나는 "'다른 사람'은 시의 한 행에 다음 행이 입혀지는 것과 같다". 그녀에게는 산책하며 만나는 담배 아저씨와 과일 트럭 아저씨가 기꺼이 시의 한 행이 되어준다.

　"진짜 안부가 말줄임표에 숨어 저녁 어스름에 묻혔다."
　"구석끼리 자꾸 말을 시켜 되살려야 한다고 생각했다."

　나의 시는 어떤 행과 연 들로 이루어져 있을까. 내가 먹는 것이 곧 나라는 말보다 내가 만나는 사람이 곧 나라는 말에 나는 더 끌린다. 집 뒤편 논둑길을 걷다가 만나 몇 마디 말을 나눈 열 살짜리 소녀("저희 집은 여기 파주가 아니에요. 아빠가 많이 아파요. 그래서 엄마가 저를 여기에 맡겨놨어요. 여기서는 학교에 못 다니고 있어요"), 산길을 오르는데 계단마다 낙엽이 수북해 뒷사람의 미끄럼 방지를 위해 자기 발을 빗자루 삼아 쓸던 아저씨, 토요일 편의점 앞에서 로또 복권 숫자를 맞추며 한숨 쉬던 허름한 차림의 아저씨, 공원 벤치에서 두 다리를 쭉 편 채 울고 있던 할머니. 내가 그들에게 시선을 주면 그들은 마음으로 되돌려주고, 그것은 겨자씨만 한 크기로 심어져 내가 된다.

한정원은 로베르트 발저가 『산책』을 쓰면서 산책자인 자신이 '더 이상 자신이 아니고 다른 사람이 되었지만 그게 바로 자기 자신'이라고 말한 것을 더 좋은 말로 바꿔낸다. "다른 사람에 다른 사람에 다른 사람이 되어가는 동안, 나는 다만 존재한다." 과정에 과정을 덧대어 퀼트가 되어가는 과정. 그 과정에서 그녀는 바느질꾼이 된다. 바느질꾼 하면 누가 떠오르나. 최은영의 『밝은 밤』에서 눈썰미 좋았던 바느질꾼 영옥이 맨 먼저 생각난다. 다만 영옥은 한때 관계에서의 바느질이 조금 서툴러 사람과 사람 사이에서 마음 놀림을 재바르고 튼실하게 하지 못했다. 또 1960년대 마오쩌둥 시대에 발자크를 읽었던 바느질하는 중국 소녀. 또 떠오르는 사람은 해마다 이야기를 재구성하기 위해 기억의 다른 흔적들을 덧붙이듯 텍스트들 위에 다른 텍스트를 꿰맸던 마르그리트 뒤라스. 혹은 평생 파푸아뉴기니의 하겐산 지역을 연구하며 도나 해러웨이에게 SF적으로 사유하기의 단초를 마련해준 실뜨기의 대가 메릴린 스트래선. 스트래선과 해러웨이는 벌레들의 촉수에서 실뜨기의 행위를 발견한다는 점에서 한정원이 벌레에서 시구를 떠올리는 것과 닮았다.

　　어려서부터 노인이 된 자기 모습을 자주 상상했다던 저자는 '100세 인생'이 무참하다고 말한다. "사람에게는 100년 동안 쓸 마음이 없"기 때문이다. 어쩌면 100세까지 사는 일부 사람은 죽기 무서워서 버티는 것일지도 모른다. 죽으면 무無의 낭떠러지로 떨어질까 봐. 우리는 살면서 숱하게 부재와 없음을 겪지만, 그 무에는 '무엇이' 없다는 뚜렷한 형태의 빈칸이 존재한다. 즉 절대적 무를 우리는 모른다. 죽음은 바로 이 블랙홀 같은 무를 가리키고 있다. 그러므로 100세라면 죽는 것만큼 사는 것도 무서울 듯싶다. 나의 닳아빠진 마음을 매일 마주한다는 것은 비명을 자아내지 않을까. 영원이 아님에도 길이가 너무 길어 끔찍하다 여겨지는 100년 속에서 "사람은 매일 오늘을 잃고, 영원은 얻지 못한다". 그렇다면 질문은 단 하나가 되어야 한다. 어떻게 잃을 것인가? 어디로 침몰되어갈 것인가? 그녀는 타인 속으로 침몰되어 최대한 겹침을 많이 확보함으로써 나라는 낯섦에서 빠져나오길 원한다. 내가 불로장생한다는 사실은 끔찍할지 모르나, 타인이 내 시간을 늘여줘 우리가 같은 영원 속에서 산다고 상상하는 것은 아름답다.

이성에 관심 갖는 것은 몸이 한창 뜨거울 때인 십대에서 삼십대까지 한 시절이다. 열기가 가라앉고 나면 점점 동성에 눈을 뜬다. 남자들이 남자에게서 발견하는 아름다움을 나는 모른다. 반면 여자들에게서 아름다움을 목격하는 눈은 점점 커지고 나날이 몸피를 늘려간다. 저자가 소록도에서 그리고 정신병원에서 꽤 긴 기간 사람 돌보는 일을 자처했을 때 나는 그 행위에서 '여성성'을 본다. 그녀와 내가 같은 여성이어서 다행이고, 그래서 눈이 더 크게 떠진다. 저자가 소록도에서 자원봉사를 할 때 만난 한 할머니는 한센병을 앓아 그 섬에서 평생 동안 살며 불행한 가운데서도 인간의 존엄성을 잃지 않고 노래를 불렀다. 그 노랫소리는 치누아 아체베의 『모든 것이 산산이 부서지다』 속 "여자들이 죽으면서 부르는 노래를 들은 적 있는가?"라는 구절을 떠올리게 한다. 그렇다, 여자들은 죽음 속에서도 노래를 한다. 머지않은 날 내게도 불행이 닥친다면 나는 이들 여성과 노래하면서 존엄을 지키고 싶다. 크러스너호르커이 라슬로의 『사탄탱고』 속 한 마을의 진창길에 꼼짝없이 붙들리거나 혹은 폴란드 태고 마을에서 짐승 떼처럼 몰려드는 남자들 속에서도 그 노래가 가능하다면.

인간을 부러뜨려
공동묘지로 돌려보내는
전쟁의 시간들

올가 토카르추크, 『태고의 시간들』

이 책을 누가 요약할 수 있을까. 몇몇 장면을 들어 누가 감히 전체를 보여줬다고 생각할 수 있을까. 이 책은 독자가 신이 되는 책이다. 폴란드에 있는 '태고'라는 가상의 마을이 제 1, 2차 세계대전의 최전방이 되면서 주민들이 겪는 시간을 독자가 낱낱이 측정할 수 있을 뿐 아니라, 그곳에 거하는 동식물, 떠도는 혼, 인간을 수호하는 천사, 나아가 신까지도 굽어볼 수 있기 때문이다. 등장인물들 이름에 '시간'을 붙여 펼쳐나가는 이야기이기에 탄생과 죽음이 담기는 것은 물론, 각자가 겪는 설렘, 깨달음, 추락도 기록된다. 이를테면 선술집에서 취한 폴란드 남자들에게 늘 몸을 빼앗기는 여성, 적군과 아군 모두에게 강간당하는 여성, 동물과 교접하는 러시아 장교, 세상과 거리를 두고 자꾸만 자기 속으로 침잠해 들어가는 부유한 상속자, 다리가 하마 같고 못생겨서 남동생에게 무시당하는 누나들, 지붕널을 고치면서 밥도 지붕에서 혼자 먹다가 밑의 인간들이 사는 꼴을 보며 분을 참지 못하는 노동자, 마을 주민들에게 쫓겨나 숲에 사는 여성, 그 숲속 여성을 찾아와 몸을 섞는 나쁜 남자…….

시간으로 짜인 이 책의 포문을 여는 것은 1914년 여름이다. 바로 현대의 탄생을 알리는 제1차 세계대전 발발 시점이다. 전쟁 역사상 처음으로 독가스가 살포되어 사람들 눈이 터져나가는 와중에 태고 마을 땅은 러시아 군인과 독일 군인이 싸우는 전장의 한복판이 된다. 그해 여름 태고에 나타난 크워스카라는 맨발의 소녀는 단번에 시선을 잡아끈다.

그녀는 벌판에 남은 이삭을 주워 먹고 가을에는 감자를 훔치며 겨울에는 술집에서 남자들한테 몸을 대준다. 그렇게 걸식하는 처지일지언정 스스로를 낮추지 않는다. 남자들이 개떼같이 달려들어 성관계를 요구할 때 그녀는 바닥에 눕는 것을 거부한다. "왜 내가 당신 밑에 누워야 하죠? 나는 당신과 동등한데." 보통의 인간들이 바깥세상의 지식을 끌어와 하나둘 자기 것으로 덧붙여나가는 것과 달리 크워스카는 외부 지식을 자기 존재 속에 온전히 녹여 넣는다. 그녀는 냄새나는 사내들, 음습하고 퀴퀴한 자연환경과 술집 주변에서 목격하는 것을 자기 몸속으로 빨아들인다. 그것이 바로 배움의 장이었고 그녀는 마침내 졸업장으로 부풀어 오른 배(아이)를 수여받는다.

언뜻 창녀처럼 묘사되지만, 시간이 흐르고 축적되면서 작가가 크워스카에게서 발견하는 것은 오히려 성녀

와도 같은 삶이다. 그녀의 젖가슴이 불자 사람들은 그 젖줄에 자기 신체를 갖다 댔고, 거기서 흘러나오는 액체로 눈병, 사마귀, 종기, 피부병을 고쳤다. 신은 비천한 그녀에게 신비의 모유를 줌으로써 자신의 존재를 현현한다(하지만 아이러니하게도 치료받은 자 모두 세계대전에 참전해 죽으며, 신은 여기서도 자신의 존재를 입증한다).

게노베파와 미하우가 낳은 딸 미시아도 중요 인물이다. 작가는 그녀의 생애에도 조명을 자주 비추는데, 시간은 미시아를 온전한 하나의 존재로 빚었다가 다시 부러뜨리는 방향으로 치닫는다. 이 책은 탄생과 죽음을 번갈아가며 언급하나 나는 유독 부수고 파괴하는 행위에 눈길이 더 간다. 마흔일곱 살의 나이에 느끼는 몸은 결합이나 형성과는 거리가 멀고, 쇠퇴의 기미와 더 친숙하기 때문이다.

전쟁의 시대에 사람들 혀를 점령하는 주제는 '과연 신은 존재하는가'이다. 러시아 군인 이반 무크타는 한 민간인의 집을 숙소로 쓰겠다며 차지했고, 그 집 꼬마 이지도르와 이야기를 나누곤 한다. 어느 날 꼬마가 신의 존재 여부를 묻자 무크타는 신이 없는 것으로 상상해보라고 권한다. 물컹물컹한 젤리처럼 아직 세계관이 형성되지 않은 아이는 신이 없을 거라는 이야기를 듣자 혼돈의 세계 속으로 내던져진다. 이윽고 사방이 텅 빈 광활한 공간이 펼쳐졌고, 그곳에 생존하는 모든 것은 외롭고 허무하며 무기력해 보였다. "냉기와 슬픔이 사방에 만연했다. 모든 피조물이 뭔가를 끌어안고, 뭔가에 들러붙고, 사물을 그리고 서로를 의

지하기를 간절히 갈망했지만, 결과는 고통과 절망뿐이었다." 신을 잃어버린 아이는 시름시름 앓더니 몸져누웠고, 그 후 죽음에 매달리기 시작했다.

이 책에서 묘사하는 신은 완전하지 않다. 세상을 창조하긴 했지만, 그에게는 자기 확신이 없다. 신은 인간들을 보며 거울처럼 자기 모습을 되비추다가 혼란에 빠진다. "나는 누구인가? 신인가, 인간인가?" 그는 인간이 겪는 삶과 종말을 함께 통과하기에, 인간이 유혹하면 같이 침대 속으로 들어가 사랑을 발견하고, 노인의 침상에 들어가서는 인생무상이나 죽음을 발견한다. 이렇게 인간의 일을 하나둘 제 것으로 삼는 신은 거미줄에 붙들린 벌레처럼 시간의 흐름 속에 꽉 붙들려 어느새 혼란의 도가니가 된다. 그렇더라도 이 책은 신을 일면적으로 묘사하지 않고 마치 다신론자처럼 여러 모습으로 보여주는데, 작가는 신이 '여자'라고 힘주어 말한다.

올가 토카르추크는 세계를 여성의 관점에서 재편하고 동식물을 인간과 같은 선상에 두거나 혹은 우위에 놓기도 하며, 육체와 영혼의 세계를 뒤섞는 작품 세계로 잘 알려져 있다(그녀의 작품에서 동물은 끊임없이 신을 인지하며 예수님이 십자가에 매달렸을 때와 비슷한 신앙심을 품고 있다). 여성성을 띠는 토카르추크의 신은 "강력하고 거대하고 축축하"다. 이런 신을 향해 또 다른 등장인물 이지도르는 죽는 순간까지 열심히 기도를 올리며, 마침내 '하느님'의 히읗을 발음하는 순간 엄청난 깨달음을 얻는다. 그리하여 소설은 단어들의 나열, 연쇄성, 허웅이 품고 있는 모든 가능성으로 내달리는데, 신은 이처럼 인간의 언어 속에서 그 가능성이 무한히 확장된다.

다만 낙관은 금물이다. 이지도르의 탄생에서 죽음까지 흘러가는 가운데 저자는 그의 노년과 임종을 지키며 가장 먼저 '신념, 생각, 추상적 개념' 들이 사라지는 것을 보여준다. 즉 평생 공들여 구축해온 인간의 언어와 사고는 죽음이 가까워질 때 제일 먼저 빛바래고 희끄무레해진다. 개념과 생각의 점멸 후 사라지는 것은 감정이다. 마침내 사망 선고를 들으면 한 인간이 내부에 가지고 있던 '공간'은 산산조각 난다. 이때 인간의 혼은 주의를 기울여야 한다. 어떤 존재가 나타나 다시 이승으로 돌아오라고 꼬드기는데, 그 말에 넘어가서는 안 된다. 그러면 죽은 자의 세계에도 산 자의 세계에도 속하지 못해 어정쩡하게 공동묘지를 떠돌게 된다고 소설은 말한다. "인간은 몸이다." 이 사실을 결코 잊어서는 안 된다.

이 책에는 시체도 많이 등장한다. 양차 대전을 모두 다루니 그럴 수밖에 없다. 군인의 시체가 태고 마을에 쌓이는데, 그 시체를 찢고 나오는 것 역시 영혼들이다. 망자의 혼은 아직 저승에 가지 못하고 약간 어리벙벙한 상태로 육체에서 막 풀려나 그림자처럼, 때로는 풍선처럼 배회한다. 이렇게 땅에 붙일 다리 없이 둥둥 떠다니는 혼들을 달래주기 위해 베트남전쟁이나 한국전쟁 후에 우리도 때마다 위령제를 지내지 않았던가.

뛰어난 소설가는 메시지를 직접 발설하지 않는다. 그렇지만 이 책이 품고 있는 사상과 역사의 이미지, 상상력은 너무나 풍부해 독자는 절로 몇몇 교훈을 새기게 된다. 그중 하나는 생을 찬미할수록 죽음의 모양새는 더 혼잡스럽고 사나워지리라는 것이다. 이지도르 역시 죽음을 한번에 통과하지 못하고 깨어났다가 며칠 후 다시 망자들의 세계로 들어가는데, 그건 꽤나 고생스러운 일이었다. 삶에 햇볕만 있는 줄 알고 열렬히 좋은 것만 바라다가 늙음도 죽음도 제대로 음미하지 못하는 어리석음을 빗대는 소설의 여러 장면은 마치 나를 향해 겨누는 화살 같다. 삶과 죽음을 등가물로 놓고 생각해본 적이 거의 없고, 확신성만 좇는 인간은 위험하다. 시간의 역류를 생각하고, 시간을 공간화할 줄 알아야 인간의 오만함에서 벗어나 동물의 단순성으로, 균류의 영원성으로, 나무의 무경계성으로 더 진입할 수 있을 것이다. 자신이 발 딛고 서 있는 지면이 언제든 땅속으로 꺼질 수도 있다는 것을 생각하면서.

판자를 붙잡은
난파자,
물속으로 한발 들어가는
구경꾼

한스 블루멘베르크, 『난파선과 구경꾼』

　　태어나고 보니 요람이 아니라 난파선에 누워 있다는 사실을 나중에 알아차리는 이들이 있다. 아직 다른 아기들의 요람을 못 봤기에 자신이 조난된 줄도 모른다. 이런 아이들은 문명사회 이전인 듯한 곳에서 유년 시절을 난다. 문화 제도적 체계가 갖춰진 인간 사회에서는 '근친상간'을 금하는데, 푸른나비(활동명)와 같은 이들은 근친상간(피해자들은 이 단어에 반대한다)이 자연스레 이뤄지는 곳에서 자랐다.

　　"연놈이 다 똑같아." 사십대 중반에 남편과 살던 집에서 딸과 함께 나와 쉼터에 피신해 있을 때 그녀 머릿속에서 이런 목소리가 들렸다. 연놈은 엄마 아빠고, 두 가해자는 한통속이다. 2021년 나는 이 사건의 '구경꾼'이 되었다. 구경꾼은 어떤 존재인가. 단단한 대지 위에 서서 파도가 휘몰아치는 바다 위 난파선에 위태롭게 올라탄 사람을 바라보는 자다.

독일 은유학의 창시자로 불리는 한스 블루멘베르크는『난파선과 구경꾼』에서 삶이라는 항해를 하며 해난과 폭풍에 맞닥뜨린 난파자와 그를 지켜보는 구경꾼에 대해 연대기적 고찰을 한다. 인생을 항해에 비유해온 역사는 오래되었다. 그 첫 장은 이오니아학파 자연철학의 시조인 밀레토스의 탈레스로부터 출발한다. 구경꾼은 죽다 살아난 사람을 강 건너 불구경하는 이로서 이미지화된다. 우리가 흔히 말하듯 불구경은 흥미롭다. 하지만 수동적 위치에 놓여 눈앞의 현상을 목격하는 사람들을 한없이 깎아내리는 것 역시 왠지 불편하다. 그리하여 볼테르와 같은 철학자는 호기심 많은 구경꾼의 지위를 정당화한다. 그가 말하길, 구경꾼은 지적 호기심을 지닌 근대적 존재다. 사람으로서 나 역시 남의 고통을 응시하는 즐거움을 느낀 적은 결코 없다. 다만 독자로서 갖는 지적 욕구가 있는 데다 난파자가 힘껏 손을 뻗어 널빤지를 붙잡고 살아남길 바라는 (그렇지만 안전한) 지점에 서서 호기심을 꺼뜨리지 않은 채 지켜본다.

푸른나비의 아버지는 그녀가 초등학생 때부터 스물두 살이 될 때까지 몸을 만지고, 한 이불 속에 데리고 잤다. 성폭력은 손과 입, 혹은 그보다 더한 방식으로도 이뤄졌다. 엄마는 난파자의 머리가 물속에 완전히 잠겨 발을 구르는 걸 '구경'하면서도 손을 내밀지 않았다. 그녀는 대학 3학년 때까지 이런 일을 속으로 삼켰다. 침묵은 개신교 하나님의 십계명을 그녀 나름대로 해석한 결과였다. 그 시절 오직 신에게만 의지했던 푸른나비는 금과옥조로 여긴 십계명 속

제5계명인 '네 부모를 공경하라'를 범할 수 없었다. 종교는 폭풍우 치는 바다 위에서 유일하게 붙들게 된 판자였고, 사십대 중반까지 그녀는 '종교 중독자'처럼 살았다.

어떤 이들은 자신이 조난된 사실을 몇십 년이 지나고야 깨닫는다. 삶은 시곗바늘을 따라 그냥 흘러가기도 하는데, 새벽 어스름이 비쳐오고 밤이 물러가면 그녀는 아빠의 그 짓이 끝날 거라는 기대에 안도했고, 그렇게 하루 이틀 일주일 1년 10년……이 흘러갔다. 곧이어 한 남자와 결혼했고, 그 남자는 알코올중독과 양극성 성격장애로 가정폭력을 행사했다. 또 다른 폭력과 마주한 그녀는 17년간 벽으로 밀쳐지고 칼 든 손에 맞서 견디다 마흔여섯쯤 집을 나왔다. 이후 엄마, 아빠, 남편의 폭력이 한꺼번에 수면 위로 떠올랐다. 왜 엄마가 맨 앞에 놓였을까. "엄마가 가해자일 리 없다고 평생 부정하다가 결국 악인이라는 걸 인정하게 됐어요. 실은 가장 큰 가해자예요." 엄마는 언제나 이런 말을 했다. "너보다 못한 사람도 많아. 장애인, 고아, 거지를 생각해봐."

기억이 떠오르자 몸과 마음이 성치 못했다. 2년 동안 누워만 있었다. 딸을 먹이고 입히기는 해야 해서 그녀는 1년 일하고 1년 눕고, 다시 1년 일하고 1년 누웠다.

그동안 그녀를 구경한 사람은 많았다. 가족, 친구, 기자, 작가, 쉼터 지원자……. 블루멘베르크의 책에서는 난파자와 구경꾼의 관계에 대해 루크레티우스, 몽테뉴, 파스칼, 괴테, 헤겔, 니체의 고찰이 이어진다. 몽테뉴 역시 구경꾼을 옹호한다. 이유는 구경꾼에게 "거리를 지킬 수 있는 능력"이 있기 때문인데, 이로써 그는 파도와 해일 밖에서 안전하게 목격의 즐거움을 누린다. 하지만 헤겔에 이르면 구경꾼은 반성적 주체로 거듭난다. 헤겔의 새로운 인식은 점점 더 파도 속으로 한 발씩 옮기며 위협을 느끼는 구경꾼(목격자)에게 딱 맞는 말이다. 오늘날은 기후위기로 인해 해일이 점점 잦아지고 예측 불가능해지는 데다 모래는 점점 쓸려가 구경꾼의 발에도 물이 차오른다. 사건들이 빈발하고, 국가나 사회가 나를 지켜줄 거라는 안전한 감각이 상실되자 내가 곧 다음 난파자일지도 모른다는 위협이 실제처럼 다가온다.

이후 니체는 항해와 난파에 대한 상상을 몇 걸음 더 진전시켜 구경꾼의 인식에 새로운 기반을 마련한다. 니체는 구경꾼이 안전하지 않다고, 오히려 난파에서 구조된 사람이 행복하다고 말한다. 이것은 푸른나비에게 딱 들어맞는다. "지금은 안전하다는 감각이 있어요. 아직도 난파선 위일지 모르지만, 구출해달라고 말할 수 있거든요. 그 전에는 말을 억누르고 기도만 해 불행했어요. 지금은 길거리에 나가 내가 피해자고 생존자라는 말을 하니까 행복해요. 말하기가 바로 구해달라는 신호예요. 나를 구해줄 헬기가 있고, 제겐 나침반도 있어요." 살아남을 거라는 감각을 거의 확신하는 난파자는 육지에 발을 내딛는 순간 '장소성'을 갖게 되고 사람들은 그에게 잠시 머물다 간다. 이를테면 다른 난파자나 구경꾼과 같은 이들이. 거의 혼자 살아남은 것이나 다름없는 그녀를 보며 구경꾼이 최종적으로 품게 되는 감정은 경외감이다.

사실 구경꾼은 비판받아 마땅한 존재이기도 하다. 블루멘베르크의 책에 등장하는 구경꾼들의 면면을 살펴보자. 괴테는 호기심으로 눈을 빛내며 난파자를 구경하는 볼테르를 비판한다. 그런 괴테도 물론 구경꾼이었다. 문제는 괴테가 어떤 다급한 사태에 직면하면 타인보다 오로지 자신의 곤란에만 시선을 고정한다는 점이다. 예나대학교의 역사학자 루덴이 이런 괴테의 행태를 비판했다. 그러나 루덴 역시 완벽하지 못해 그는 훗날 자기 자신을 미화하기 급급했다. 거개의 구경꾼은 앞선 구경꾼을 비판하다가 훗날 자기 자신을 변명한다.

푸른나비도 몇몇 구경꾼의 시선을 잊지 못한다. 여동생은 옆에서 피해를 목격하면서도 "언니가 반항하지 않고 착해서 그래"라고 말했다. 그건 2차 가해였다. 때로 어떤 사람은 "부모의 사랑을 받지 못한 당신이 딸에게 좋은 엄마가 될 수 있겠냐"라고 물었다. 죄의 대물림 같은 것은 가해자에게 해야 할 말인데도 구경꾼들은 거꾸로 피해자에게 겨눈다.

나는 그녀와 식당에서 만나 밥 먹으면서 인터뷰를 했다. 식사를 마치고 식당 점원에게 신용카드를 내밀자 그녀의 안색이 어두워졌다. 카드 기기에서 나온 음성 매뉴얼 때문인데, '카드를 ○○해주세요'라는 말이 그녀에게 성폭력을 연상시켰던 것이다. 그녀는 카페나 식당에서 하루에도 몇 번씩 듣게 되는 이 말에 몸서리친다. 바다 가까운 뭍에 다다랐어도 물과 바람의 공포는 한순간 기습한다.

이 책은 난파자와 구경꾼을 비유로서 끌어오고 있다. 그렇긴 하나 1897년 남극 탐험을 떠났다가 실제로 바다 위에서 조난당한 벨지카호를 한번 살펴보자. 이들은 과학적 호기심과 자기 나라를 향한 애국심, 그리고 모험심을 갖고 배에 올랐다. 8월 16일에 출항한 배는 그러나 얼음 속에 갇혀 2년도 더 지난 1899년 11월 5일 아침에야 돌아온다. 총 열아홉 명이 떠났지만 한 명은 죽고, 가장 경험 많고 신뢰 가는 인물이었던 갑판장 톨레프센은 정신이상 증세를 나타내며 미쳐버렸다. 즉 난파자는 실제로든 비유상으로든 제정신을 유지하기가 쉽지 않다. 푸른나비가 자살 시도를 하고, 약을 먹고, 상담을 받고, 가정폭력·성폭력 강의를 찾아다니며 듣는 이유다.

난파자들의 상당수는 열혈 독서가이기도 하다. 미해결된 범죄 사건에 놓인 피해자는 책에 매달린다. 자신과 같은 사건에 직면한 이들에게 국가나 사회가 해결 방법을 알려주지 않아 책을 파고들 수밖에 없다. "생존자가 바라보는 난파는 최초의 철학적 경험의 상징이다."

블루멘베르크의 책은 처음에는 항해자들이 호기심으로 먼 땅을 알고자 하는 마음에서 혹은 물건을 교역하고자 바다로 나섰다가 난파당한 예를 든다. 하지만 후반부로 갈수록 항해자보다 구경꾼의 호기심이 더 강해진다. 구경꾼은 참여관찰자처럼 점점 더 난파자의 사태에 개입하게

된다. 그가 잘 살아남을지, 막대기나 플라스틱 조각이라도
던져줘야 할지, 국가나 사회가 이들의 조난에 두 손 놓고
가만있지나 않을지 초조해하며 지성으로, 행동으로 무장
해나간다.

.

3

타
자
와

기
억

"우리는 타락한 존재이자 고결한 존재다. 우리는

　　타락한 존재도 고결한 존재도 아니다. 우리는 우리에게

　　일어난 모든 일과 우리에 앞서 타자들에게 일어난

　　모든 일을 우리 것으로 인지한다."

　　　엘리자베스 로즈너, 『생존자 카페』

"최종적으로 작가가 쓴 작품의 의미를 평가하는 기준은

　　인간과 인류의 감정 및 사물의 기억을 연장했는지의

　　여부가 된다."

　　　옌롄커, 『침묵과 한숨』

먼지나 공기처럼 부유하는
아름다운 소우주들

클라우디오 마그리스, 『작은 우주들』

이탈리아 작가 클라우디오 마그리스의 『작은 우주들』은 총 아홉 편의 에세이로 이루어져 있다. 「산마르코 카페」에서 시작되는 숨 막힐 듯 아름답고 촘촘한 글은 장렬한 민족주의에 휘말리다가 파리 떼처럼 무참히 역사의 강으로 휩쓸려 사라지는 이들을 기록하며 마감된다. 저자는 전지적작가시점으로 카페에 앉아 사람들을 내려다보거나 혹은 먼지나 공기처럼 이름 없는 대중 사이를 부유하며 문장을 완성한다.

산마르코 카페는 무심하고 자유로운 공기가 지배하고 있어 카페에 드나드는 사람들끼리 서로 쑥덕대는 일이 일절 없다. 그래도 인간이 사는 곳은 늘 호기심과 앎의 욕구가 따라붙게 마련이다. 이에 작가는 윤리적 판단은 배제한 채 이곳 사람들의 작은 우주 같은 삶을 바라본다. 크레파츠 씨는 그 시선에 단단히 붙들린 사람 중 한 명이다. "분명 그는 자기 청년 시절을 후회하고 있진 않다. 아니, 잘

완결 짓진 못했지만 고쳐나갈 수 있는 그림처럼, 이제 그는 바야흐로 그 시절을 다시 다듬고 제대로 손보는 중에 있다." 무엇을 손본다는 것일까? 그는 여자를 사귄다는 것이 무엇인지도 모르는 삶을 살다가 늘그막에야 제대로 이것에 빠져들어 정신없이 지내는 중이다. 크레파츠 씨의 길디긴 삶에서 작가가 늘그막의 결혼 생활을 포착한 것은 연애를 못 해본 것이 얼마나 큰 결핍인가를 알기 때문이다. 여성의 눈빛이 자신을 위한 것이 아니었음을 뼈저리게 느낀 사람은 많고도 많았다. 내 친구도 한 여자와 1년 동안 사귀는 중이라고 자부한 한편 아직 잠자리는 갖지 못했다고 말했다. 거기엔 모종의 두려움이 배어 있었다. 그의 두려움은 무엇일까?

산마르코 카페의 단골 벨리코냐 박사도 소우주다. 그는 결혼한 뒤 아내 아닌 여자 두세 명과 놀아났지만 종국에는 관뒀다. 그는 마그리스에게 말한다. "다른 여자랑 자네가 침대에 있다면, 잠시 숨 돌릴 참으로 일어나 책을 읽으러 갈 용기조차도 못 내고 말걸? (…) 그 여자는 절대 당신 아내가 아니야. 아무것도 안 하고 옆에서 그녀의 어깨와 숨소리만 느끼고 있을 뿐인데도 전혀 지루하지 않은 여자, 그런 여인이 바로 당신 아내 아닌가." 다른 여자의 유혹에 여러 번, 그것도 아주 쉽게 발이 걸려 넘어졌지만 마침내 아내만이 진짜 여자라고 말하는 그는 일부일처제가 삶의 정답이라고 주장하는 것일까. 배우자를 두고 다른 사람과 사귀는 일에 대해서는 다들 의견이 분분할 것이다. 이와 관련해서 함께 책 작업을 한 두 작가가 떠오른다. 『붉은 선』의 홍승희 작가는 다자연애를 추구했던 반면, 『정치적 감정』의 마사 C. 누스바움은 일부일처제를 옹호했다. 둘 다 자신만의 논리가 있었는데 우리 편집부의 의견 역시 양분됐다. 주로 결혼 안 한 편집자들은 다자연애를, 결혼한 편집자들은 일부일처제를 옹호했다. 가령 홍상수 감독과 김민희 배우를 두고도 내 주위에서는 이들의 관계를 지지하는 사람이 꽤 있었고, 내 후배 한 명은 결혼한 남자와 사귄 자신의 연애담을 들려주기도 했다. 이런 드러나지 않은 복잡한 연애들은 사실 사랑의 본질적 특성이기도 해서 성범죄에 연루되는 사건들과는 달리 풍성한 일화와 입장을 만들어내고, 때마침 와인이라도 곁들이고 있다면 사람들은 쉽사리 좀 더 너그러운 입장으로 가 줄을 선다.

다른 사람을 있는 그대로 모순된 모습까지 기록하는 『죽음이라는 우리의 귀부인』의 작가 귀도 보게라도 마그리스의 촉수에 걸려들었다. 보게라는 잉크에 펜을 적셔 트리에스테 유대인들이 노인이 되고 환자가 되며 마침내 시체가 되는 붕괴 과정을 빠짐없이 서술한 사람이다. 글쓰기는 다시 말해 "밑에 지저분한 것들이 남아 있어도, 솔직한 어조로 자기를 책망하며 그 오류들을 넓은 마음으로 보게끔 하는 일일 것이다". 이런 식의 논리로 마그리스는 '모든 성인聖人은 작가'라는 등식을 도출해낸다. 성인들은 우리 사이에 있는 개돼지들, 탐욕과 죄악을 메달처럼 걸고 다니는 방탕아들을 너른 마음으로 받아주기 때문이다. 내 생각에는 결국 작가가 성인이라는 말 같다. 죄 많은 작중인물을 어떤 식으로든 이야기 속에 품어내며 이해하려는 자세, 그 아량, 선악을 따져 묻지 않고 기록하는 행위…….

산마르코 카페에는 마그리스처럼 온종일 앉아 글을 쓰는 사람도 많다. 글을 쓴다는 것은 '약속의 땅에 도달할 수 없다는 것을 알면서도 사막을 가로질러 집요하게 계속 그 방향으로 가는 것'을 뜻하기 때문이다. 카페 탁자에서 끼적이다가 어떤 이는 유명세를 얻지만, 작가 명패를 달지 못하는 사람도 많다. 나와 함께한 저자들도 상수동 이리 카페, 합정동 빨간책방카페, 홍대 카페꼼마에서 글을 썼지만, 그중 몇 명은 흥행에 실패했다. 나는 실패할 미래를 내다보면서도 그들의 책을 내겠다고 선심을 썼던 것일까? 그럴 리가 없다. 편집자의 가장 중요한 자질은 무엇인가. 어떤 이의 글쓰기 잠재력을 가능한 한 높이 평가하는 것이다. 한 저자는 이런 내게 물었다. "이름 없는 누군가가 어떻게 잘 쓸 거라 확신하고 계약을 맺나요?" 사실 편집자의 믿음에는 통계적 근거가 부족할 때가 많다. 다만 '내가 밤에 자더라도 저자는 불을 밝힐 것이다. 매 순간 새로운 사유가 출현하지 않아 초조해하거나 자기 문장이 변변찮다고 느끼며 노력할 것이다'라는 믿음을 품는다. 이런 믿음은 때로 혜성이 출현케 한다.

이 책에서 마그리스는 시를 쓰는 이들을 치켜세우지만("삶에서 시 한 구절은 하찮은 것이 아니다"), 현실에서 시가 갖는 힘이 과장되어 있을 수 있음을, 오히려 현실은 시보다 더 나은 무언가를 원한다는 것을 여러 군데서 피력한다. 이를테면 시인 도케니코 스칸델라의 선집이 아주 초라하게 출간된 것을 두고 마그리스는 "시가 실제의 삶 앞에서 종종 충분하지 않다는 또 다른 증거"라고 말한다. 1826년 시인 레오파르디는 "세상 모두가 시를 쓰고 싶어 하나, 유럽은 시보다 더 건실하고 참된 무언가를 원한다"고 말했는데, 마그리스는 이 문장을 중요하게 재인용한다. 이는 예술이 때로 현실을 호도할 수 있음을 지적한 것이리라. 사실 예술이 전능한 힘을 가졌다고 보는 것은 위험하다. 모드리스 엑스타인스가 쓴 『봄의 제전』에서도 드러나는바, 1913년 새로운 예술을 극단으로 추구하던 현대인들의 정신은 제1차 세계대전이라는 폭력과 어떤 식으로든 얽혀서 위험한 시대정신으로 구현됐기 때문이다.

　『작은 우주들』을 읽다 보면 우리는 자신의 지인 몇몇과 그들의 세월을 회상하게 된다. 그리하여 읽는 내내 병원 침상에 앉아 있는 것 같은 느낌, 장례식장에 온 것 같은 느낌, 부모의 재산을 두고 공증인 앞에서 다투는 서먹한 형제가 된 것 같은 느낌이 든다. 우리 일상에서 어떤 부모들은 자식들에게 형제끼리 다툼과 원한을 품게 할 빌미를 남기고 죽는데 그런 삶과 죽음을 책에서 여러 번 목격하는 것만 같다.

　이 책은 문장이 현재시제로 쓰인 것이 특징이다. 저자가 직접 관찰한 것도 있고, 과거에 경험하거나 전해 들은 것, 역사 속에서 전해 내려오는 것도 있지만 문장은 마치 지금 눈앞에 현실이 펼쳐지듯 구사되고 있다. 그 효과는 자못 크다. 가령 "포르데노네 천문학 협회에서 설치한 그리초 망원경 주위로 작가 줄리오 트라산나가 그의 개성에 이끌린 젊은이들을 여럿 끌어들이고 있다"라는 문장은 천문학의 중요한 순간을 내가 보는 하늘 위로 수놓는다.

『작은 우주들』에는 착각하는 삶, 스스로를 속이는 삶도 봄날의 새싹처럼 흔하게 등장하는가 하면, 「발첼리나」에 서술된 마그리스의 가족사는 하나의 민족 서사 같다. 마그리스의 사촌 고조할아버지는 아주 젊었을 때 나폴레옹의 척탄병이었고, 러시아 전선에서 몇 년간 감옥 생활을 한 끝에 걸어서 집에 돌아온 인물이다. 몇십 년 지나 다 늙은 그는 1866년 제3차 독립전쟁에서도 파르티잔 활동을 펼쳤다. 그 외에 술에 절어 추락한 마을 신부 이야기, 계속 뚱뚱해져서 수압관 전문가 남편인 프란체스코 하라우어로부터 외면당한 비만 아내의 삶은 쓸쓸하다 못해 초연하다. 마그리스는 이 뚱뚱한 여자의 주변이 텅 비어 "번잡한 생애로부터 벗어나"게 되었다고 단출한 문장으로 압축한다. 이 책은 그런 삶과 등을 맞대고 그 내밀한 아름다움을 주고받는 것만 같다. 그들은 각자의 방식으로 살아남으려고 안간힘을 썼다. 그 힘이 반복해서 쓸쓸한 해변의 파도를 만들어 낸다. 파도 속에서 어떤 이들은 자살을 하기도 하고, 어떤 이들은 그저 피상적인 관계만을 맺은 채 삶을 엷게 살다 가 버린다.

3 타자와 기억

얕은 관계가 망치는
삶과 기억

월리엄 트레버, 『펠리시아의 여정』

124킬로그램의 몸무게, 하루 중 손꼽아 기다리는 때는 식사 시간이고 먹는 것에서 거의 유일한 생의 기쁨을 느끼는 힐디치 씨. 턱살이 뒤로 밀리며 눈이 단춧구멍 같다는 작가의 되풀이되는 묘사는 비록 매력적이지 못한 외모지만 독자들이 이런 힐디치 씨에게도 연민 어린 시선을 던져주길 바라는 마음 때문일 것이다. 그렇다, 윌리엄 트레버의 수작 『펠리시아의 여정』은 작가가 한 인터뷰에서 밝혔듯이 '선함'에 관한 책이다.

애정결핍이 있는 힐디치 씨지만 풍성한 밥과 간식은 그의 기분을 일정하게 유지시켜줬다. 직장 동료들에게 밝은 표정과 다정한 미소를 잃지 않게 하면서. 그에게는 자기만의 우정을 쌓는 방식이 있는데, 어느 날 그 우정의 목록에 펠리시아가 우연히 끼어든다. 너덜거리는 쇼핑백 두 개에 짐을 넣고 다니는, 가난하고 별 볼 일 없는 십대 후반의 그녀가 아일랜드에서 영국 땅으로 건너오면서…… 의지가지없고 초라한 펠리시아는 힐디치 씨로 하여금 무언가를 채워주고 싶게 만든다. 둘은 우정을 맺을 운명이 된다.

그런데 배경도 뭣도 없는 이 여자가 '나' 힐디치의 말을 듣지 않는 것이 기도 안 찬다. 임신 4개월 된 몸으로 자신을 갖고 논 남자친구를 찾아 국경을 넘은 그녀는 썩은 동아줄을 붙들고 있는 어리석은 소녀일 뿐인데, 내가 차도 태워주고, 낙태 수술도 시켜주고, 집에 데리고 와 재워준 데다 음식까지 사 먹여도 은혜를 모른다. 아니, 도대체 여자들은 밥도 사주면서 돈은 내가 다 쓰는데 왜 감사라고는 모르는 걸까? 그는 치밀어 오르는 화를 누르기가 몹시 힘들다. 이 일방적인 우정이 잔잔한 이야기의 전개를 점점 옥죄면서 우리를 공포로 몰아간다.

『펠리시아의 여정』을 읽으면서 생각한다. 책을 읽는다는 것은 즐겁고 달콤한 일일까? 특히 소설은 타인에 대한 공감대를 확장시키면서 정서적 인지기능을 높이므로 독자에게 좀 더 풍부한 삶을 향유하도록 만든다는데 과연 맞는 말일까? 어쩐 일인지 요즘은 책 속에서 예기치 못한 기억의 단서들과 마주치며 독서의 괴로움, 독서에 대한 배신감을 더 많이 느낀다. 나는 이 책을 읽으며 그동안 잊고 있었던 이십대 초반의 우정, 그 진흙 같은 기억 속으로 빠져들어갔다.

성진도 힐디치 씨처럼 몸집이 컸고 웃는 인상에 늘 먹는 것을 즐기는 친구였다. 사랑과 우정은 양 당사자의 마음에서 동시에 싹트기도 하지만, 한쪽이 다른 쪽에 먼저 호기심을 보이는 방식으로 이뤄질 때도 많다. '선한' 성진은 도서관에서 만나면 아침부터 저녁까지 초콜릿을 주고, 음료를 사다 주고, 귀여운 물건을 건네는 식으로 우정을 표시했다. 우리는 짧은 기간 꽤나 가까웠다. 그가 아침부터 어디선가 기다리고 있고, 밤늦게 헤어졌기 때문이다. 그러다 이 설익은 우정은 갑자기 막을 내린다. 며칠간 도서관에서 성진이 보이지 않기에 당시 유행하던 싸이월드에 들어갔다가 그가 남긴 글을 하나 보면서였다. 거기에는 자신이 "열 개를 베풀었지만 하나도 되돌려받지 못해서 화가 난다"는 내용이 있었다. 내가 잘못한 게 뭘까 되새김질하는 한편 나는 그 분노가 무섭기도 했다.

"저는 가야 해요.""오벌틴 좀 마셔, 펠리시아.""이제 집에 가야 해요.""난 펠리시아가 좀 더 머물면 좋겠어." "전 괜찮아요.""전혀 그렇지 않아, 펠리시아. 내 말 이해하나?" 한편에서는 주려 하고, 다른 한편에서는 밀어내는 이 관계는 종국에 파국을 맞을 것만 같다. 힐디치 씨 입장에서는 그냥 곁에 좀 있어달라는 게 전부이고, 게다가 너한테 밥과 차와 거처까지 베풀었으니 그 정도는 해야 하는 것 아니냐고 여긴다.

나는 20년도 더 된 성진과의 짧은 만남을 힐디치 씨와 펠리시아 때문에 불현듯 떠올린다. 이러한 서술기억은 윌리엄 제임스의 말처럼 "의식에서 떨어져 나간 과거의 정신상태에 대한 앎, 혹은 우리가 계속 생각해오지 않은 사건 (…) 우리가 그것을 경험했다는 의식을 추가로 동반한 앎

이다".[*]

생애에서 자신에게 관심을 보인 여성이 단 한 명도 없었던 힐디치 씨는 가끔 우울했지만 그렇다고 엉망진창인 삶을 살지는 않는다. 그는 지나간 몇몇 우정을 아름다운 기억으로 변모시켜 저장할 줄 아는 데다 쓸쓸할 때면 수시로 그것들을 끄집어내 자기 삶이 황폐하지 않다는 것을 스스로에게 각인시키기 때문이다. 주로 짧은 우정만 맺어왔던 그에게는 숫자가 중요하다. 곁에 아무도 없어 외로워지면 그는 회상하면서 우정을 카운팅한다. 베스, 샤론, 보비, 게이, 커빙턴, 재키. 다시 베스, 샤론, 보비, 게이, 커빙턴, 재키……. 그리고 흥분되게도 이제 막 일곱 번째 우정이 눈앞에서 시작되려는 참이다.

힐디치 씨가 축적하고 기억하는 이런 우정(혹은 사랑)을 나무랄 수만은 없다. 십대에서 이십대 혹은 삼십대 초반까지 우리는 관계를 수량화하는 걸 다 해보지 않았던가. "요즘에는 의대생들이 꼬여." 이전 직장 동료가 자신에게 접근하는 남자들이 의사인 데다 한 명이 아니라는 걸 자랑처럼 여기며 내게 했던 말이다. "맘에 안 드는 남자라도 일단 만나봐. 아무도 안 사귀는 것보단 낫잖아." 어떤 어른이 아직 이성을 사귀어보지 못한 내 조카에게 한 말이다. 이십대의 나도 관계 맺은 이성의 숫자를 셀 때 힐디치 씨처

---

[*]   에릭 캔델·래리 스콰이어의 『기억의 비밀』에서 윌리엄 제임스의 말을 재인용.

럼 기간이 짧아서 별 의미도 없는 관계까지 포함시키곤 했
다. 그 시절에는 누구나 숫자가 빈약하면 자신이 초라해 보
일 수 있으니 스스로에게 속임수를 쓰기도 하고, 또 숫자가
커지면 그걸 자산으로 여기기도 하니까.

　　무서운 점은 젊을 때 기억을 이처럼 제멋대로 만들
면 나이 들어서 부메랑으로 돌아오기 마련이라는 것이다.
힐디치 씨는 그동안 자신을 떠났던 여자들을 '기억의 뒤안
길'에 둔 채 잊고 지내왔다. 뭔가를 많이 먹으면 어두웠던
기억에 전구가 켜져 다시 낮의 밝음 속으로 되돌려졌고, 그
렇게 일상은 고장 나지 않은 채 잘 굴러왔다. 흉터가 될 만
한 일들은 기억 속에 없다. '기억의 소멸' 능력을 신이 힐디
치 씨에게 자비의 선물로 베풀었다고 여겨왔으니까.

　　하지만 따뜻하고 친밀한 기억을 갖지 못한 사람은
후반생에 그 대가를 치르게 된다는 것을 우리는 줄리언 반
스의 『예감은 틀리지 않는다』의 주인공에게서도 보게 된
다. "기억이 우리의 뒤통수를 칠지도 모른다. (…) 뇌는 이
따금씩 파편적인 기억을 던질 테고, 심지어는 기억의 묵은
폐쇄회로를 터주기까지 할 것이다."

　　짧은 경험도 값졌다고, 피상적인 관계도 대략 우정
으로 범주화할 수 있었다고, 내가 좋아했다면 상대의 마음
이 어떻든 간에 그건 한때의 달콤한 추억이었다고 얼버무리
면서 지나왔다면 우리는 그것들이 '늙은 나'에게 다가와 복
수할지도 모른다는 것을 염두에 둬야 한다. 그렇게 힐디치
씨의 지웠던 기억이 되살아나면서 그의 목을 조르게 된다.

이 책의 이야기를 힐디치 씨에게 주목해서 했지만 실은 응당 펠리시아에게 초점을 맞춰야 할 것이다. 펠리시아가 길거리 인생으로 추락하며 쓰레기통을 뒤지고 다니는 것은 충격적이고, 다른 한편 그런 삶도 소중히 여기는 펠리시아가 대단하게 느껴지니까. 그녀도 몇 가지 행복한 기억을 갖고 있다. 한 결혼식에서 예쁜 옷을 입고 신부 들러리를 섰던 일, 학교에 다니며 수녀님께 가르침을 받았던 일, 자격도 없는 자신이 한 남자에게 사랑을 받았던 일 등등. 하지만 이제는 그런 좋은 기억을 더 이상 마음에 되새기지 않으며, 초라한 노숙인의 삶일지언정 지금 이 순간에 집중한다. 노숙인으로서 그녀는 자기 삶을 충실히 꾸려가고, 햇볕을 받을 때면 삶의 충만함까지 느낀다.

하지만 그녀가 나이 들었을 때 기억이 그녀를 내버려둘까? 그때도 여전히 꿈속에서만큼은 '나도 예전에는 집도 부모도 있었고, 사랑하는 사람도 있었는데'라며 달콤한 기억을 간직할 수 있을까? 그 기억이 과거를 재해석하도록 몰아붙이는 가운데서도?

자기 비하에 빠지는 책 읽기

줄리언 반스, 『예감은 틀리지 않는다』

아끼는 후배가 가까웠던 동료들과 말을 섞지 않는 사이가 되었다. 그 일이 발단이었을까, 그는 직장을 그만 뒀다. 나 또한 진영과 말하지 않는 사이가 된 지 3년쯤 됐다. 우린 원래 대화를 많이 했고 퇴근 후에도 몇 번 밥을 같이 먹었다. 지금은 둘 사이에 침묵의 돌이 놓여 있다. 현실이 힘들면 잠은 도피처가 된다. 진영과 내가 친밀하게 이야기하는 장면으로 되돌아가니 꿈속의 나는 기쁘나, 거기에는 회복의 실마리가 어디에도 없다. 더 큰 문제는 시간이 이런 기억을 흐릿하게 바꾸기는커녕 더 선명히 하면서 스스로를 반복해서 들여다보게 만든다는 것이다. 이럴 때마다 자신에게 묻는다. 나는 정말 보잘것없는 존재 아닐까?

자기 비하를 일삼는 사람 옆에는 누구든 있기를 꺼린다. 자기 비하는 자기애의 순환 고리 속에 있는 것인 데다, 비하라는 것이 딱히 윤리적 반성도 아니기 때문이다. 자기 직시가 내포할 만한 발전적 측면을 지니고 있지도 않다. 그런 와중에 줄리언 반스의 『예감은 틀리지 않는다』를 읽으면 당신은 별것 아닌 존재다, 라는 사실을 한 번 더 확인하게 된다. 독자는 장편소설 한 권을 읽어냈다는 성취감은 얻을 새도 없이 자기 비하에 빠지고, 독서 전보다 독서 후 자신감이 하락해 주변 사람들이 그런 모습을 알아차릴까 봐 겁내게 된다.

　책은 일인칭 화자 토니 웹스터의 십대 시절에서 시작하지만 이것은 회상으로, 그는 현재 노인이다. 별로 매력 없어서 한자리에 있고 싶지 않은 노인. 식당에서 젠체하며 큰 소리로 떠드는 할아버지나, 대중 강연에 참석해 강연자 교수의 이름을 자기 동생인 양 부르며 거들먹거리는 노인, 서점에서 신간을 침 발라가며 들춰보는 노인, 조용한 숲에서 휴대용 스피커로 라디오를 켜 분위기를 망치는 노인……. 토니 역시 진부하기 이를 데 없고 옹졸한 데다 허세도 심한 편이어서 그를 보며 현실 속에서 마주친 노인 몇 명이 떠올랐다. 왜 이렇게 노인들의 인상은 강렬하게 남을까, 그것도 부정적인 모습으로. 이는 아마도 현재의 나와 그 노인은 가장 다른 부류라고 생각하기 때문인 듯한데, 그것은 과연 사실일까. 고쳐 말하자면, 그 노인이 미래의 내 초상이지 않을까 하는 두려움 때문에 강하게 각인되는 것 아닐까.

　한때 좋았지만 끝까지 못 가고 끝장난 관계는 나이 든 이에게 자책할 빌미를 마련해준다. 내 쪽에서 먼저 끊어냈더라도, 헤어져서 홀가분했더라도 토니처럼 이런 말을 하게 될 가능성이 높다. "나는 과소평가, 아니 계산 착오를 저질렀으니, 시간은 그들이 아니라 나를 비판하고 있었다."

비교 평가의 시선 아래 놓이는 것은 인간의 숙명이다. 내 눈이 거울을 향하기보다 거의 세상으로 향하고 있는 것처럼 타인의 시선도 그들 자신보다는 세상의 나에게 꽂혀 있다. '시선의 권력'을 비판하는 것은 자본주의사회에서 응당 해야 할 일이지만, 상승과 도약을 꿈꾸는 인간 본성상 쉽지 않다. 그 같은 시선을 의식하며 우리는 높은 곳으로 올라가거나 아래로 추락하기도 하는데, 토니에게 그런 비교 대상은 에이드리언이다. 그는 철학적 사고가 뛰어나고 역사 인식이 비범해 앞을 폭넓게 조망하던 에이드리언과 달리 "나는 언제나 흐리멍덩했다"라고 자조한다. 이렇게 깜냥이 얼마 안 되는 인간은 자기 연민과 자기혐오 사이에서 갈팡질팡하다가 말년의 감정을 자기 정당화나 변명, 후회에 쏟아붓게 된다.

흔히들 하는, '어차피 사는 건 거기서 거기'라는 말에 나는 공감된 적이 없다. 삶에서 쌓는 작은 덕이나 저지르는 소소한 잘못은 차곡차곡 저장되어 질적 차이를 가져오고, 되돌이킬 수 없는 미래를 만든다. 삶에 대한 만족도는 매년 전 세계적으로 수치화되고, 우리는 자신의 감정을 행복/비탄, 만족/불만족 등 거친 개념 몇 가지로 추상화하는 데 익숙하지만, 일상과 감정이 쌓여 기억을 강화하는 가운데 노년의 회상은 또 한편 발이 달린 것처럼 제멋대로 뻗어나가는 면이 있다. 자기혐오가 없던 사람도 살면 살수록 스스로에게 자신 없어지기 마련으로, 그런 감정은 순서를 기다렸다는 듯 내게로 다가온다. 그런 것은 물리칠 수 있는 성격의 것이 아니며 한동안 침잠해 허우적대다 샛길로 빠져나오고 들어가길 반복하게 된다.

"어쩌면 인성이란 (⋯) 지성과 비슷할지도 모른다. 그 시기(청년기)만 지나면 우리는 그때까지 쌓은 소양에 여지없이 고착되고 만다. 우리에겐 우리 자신뿐이다." 첫사랑과 헤어지고 결혼해 딸을 하나 낳고, 이혼하고, 노인이 되어 다시 첫사랑과 재회했건만 그녀는 나름 자족하며 살아왔던 토니의 삶이 허상임을 통렬히 까발린다. 삶은 감춘다고 해서 감춰지지 않으며, 문 닫아걸고 혼자 방에서 텔레비전 소리와 함께 죽어간다 해도 죽음 이후에 반드시 사회 속으로 끌어내져 세간의 평가를 받는다. 굳이 타인이 아니더라도 자신이 타인 모두를 대변해 그 심판관이 될 수 있다. 토니가 말하듯, 가령 칠십 평생의 모든 것이 '우리 자신'으로만 귀착된다면 이 얼마나 좁고 두려운 삶인가. 물론 내 안에는 수많은 타인이 기거하고 있지만, 그것 역시 '자기화'된 타자여서 누구든 질식할 듯한 자신을 견뎌야만 한다.

이 책은 끊임없이 기억, 회상의 흙탕길을 걸어 발이 더러워지게 만든다. 더럽혀지기만 하는 게 아니라, 나름 가볍고 유쾌한 생을 살았다고 자부하던 토니는 심연의 공포 속으로 빠져든다. 요즘 사람들은 '흑역사' '이불 킥'이라는 단어로 경쾌하게 치부하고 넘어가지만, 만약 나의 과거가 천성의 모자람이라든가 혹은 자신의 부도덕함과 결부된 것이라면 심연의 공포는 피할 도리가 없다.

한편 과거에 자신이 피해자였던 적이 있다면, 기억의 폐쇄회로 속에서 피해의 기억은 돌처럼 단단해진다. 나는 몇 년 전 고등학생 시절의 학교폭력 경험을 26년 만에 다시 마주했고, 그것을 글로 정리하면서 보름 동안 몸을 벌벌 떨었다. 기억의 회로를 터준 것은 뉴스로 보도된 연예인들의 학교폭력이었고, 놀랍게도 기억의 재생 버튼은 언제 어디서든 눌릴 태세를 취하고 있었다. 나의 기억은 때로 자신을 보호하기보다 다그치고 내몬다.

내가 편집하는 에세이들의 저자 여럿은 모두 회상에서 비롯된 고통을 어쩌지 못해 현재를 온전히 글쓰기에 쏟아붓는다. 그것을 바로잡으려는 몫은 언제나 잘 잊어버리는 가해자의 것이 아니라 시간이 지날수록 기억이 선명해지는 피해자의 것이다. 친족 성폭력 생존자 푸른나비는 가족에게 성폭력을 당한 기억뿐만 아니라 그 경험을 글로 쓰고 여러 출판사로부터 거절당한 기억까지 같이 안고 있다. 편집자들이 거절한 이유는 대부분 '세상이 이런 이야기를 듣고 싶어 하지 않는다'였다. "저는 매일 주변 공기에게, 가로수에게 또는 지나가는 전철과 울며 기댄 버스 창가에게 부탁하고 또 부탁했어요. 내가 쓴 글이 누군가에게 읽힐 수 있도록." 푸른나비가 내게 보내온 문자메시지처럼 그녀는 파괴의 화신인 과거의 기억에 매몰되지 않고 현재를 쏟아부어 미래의 오솔길을 내고 있다. 한 줌의 미래를 만들기 위해 그녀가 보유한 자원은 오로지 현재의 시간뿐이다. 가해자는 기억을 빼앗았고, 현재의 시간 속에도 거할 뿐 아니라 미래조차 내주지 않으려고 그녀에게 맞서고 있다.

『예감은 틀리지 않는다』는 "거기엔 축적이 있다. 책임이 있다. 그리고 이 모든 것 너머에, 혼란이 있다. 거대한 혼란이"라는 문장으로 끝을 맺는다. 인간은 삶에서 모든 변화가 닫히는 그 지점을 향해 시계처럼 초와 분을 축적하며 뚜벅뚜벅 걸어간다. 아직 젊은이들은 이 소설이 드러내는 바를 속속들이 이해하지 못할 것이다. 사십대 중반의 나 역시 노년의 감정을 추측하며 읽었다. 노년이 되기 두려운 마음에 기억을 잘 간수해야겠다고 다짐했지만, 이게 바로 함정이다. 기억은 관리될 성질의 것이 아니고, 우리의 좁다란 자아가 그림자처럼 생의 발자국을 계속 뒤쫓아오며, 당신은 아무것도 아니라는 어디서 많이 들어봤던 말을 여러 번 속삭일지도 모른다. 당신이 나라 밖으로 떠나더라도, 그 그림자는 국경을 손쉽게 통과한다.

여행에서 모은 잡동사니,
천 조각, 폐지

이탈로 칼비노, 『보이지 않는 도시들』

여행을 막 다녀온 이들을 만나 이야기를 들으면 지루할 때가 있다. 보고 느낀 것을 폭포수처럼 쏟아내는데, 그들은 볼거리를 감싼 안개의 베일을 꿰뚫어 보기[*]보다는 자기 말 속에 함몰되어 정보의 나열이나 흥분의 고조만을 드러낸다. L감독이 그랬다. 몇 개월 동안 외국에 다녀와 늘어놓은 것들은 문장으로 건질 게 하나도 없었고, 공명되지 못한 채 공중으로 흩어졌다. 그 말들은 싹을 틔우기는커녕 씨앗이 될 기미조차 없었다. 말과 말 사이에 여백이 없는 이야기는 청자의 귀를 닫아버린다. 반대로 몽골 등 실크로드를 한 번도 다녀오지 않고 쓴 이노우에 야스시의 『둔황』이나 김훈의 『달 너머로 달리는 말』은 읽는 이를 사막 한가운데로 데려다놓는다. 나는 책상에 앉아 한 발짝도 움직이

[*]   여행하는 역사가가 "그냥 자기 자신으로 머문다면 자기가 찾아간 볼거리를 감싼 안개의 베일을 좀처럼 꿰뚫어 볼 수 없을 것이다"(지그프리트 크라카우어, 『역사』).

117

지 않았는데 모래바람을 맞으며 달을 보았고, 말 울음소리를 들었다.

　황제로서 세계의 도시들을 자신의 제국에 포섭하려는 쿠빌라이 칸과 그의 사신으로 온 도시를 다니는 마르코 폴로의 가상 대화록인 『보이지 않는 도시들』은 평범한 여행자들의 기억을 헤집어놓는다. 황제처럼 멀리 내다볼 시야가 없고 사신처럼 세밀하게 볼 눈을 갖지 못했기에 식빵처럼 납작하기만 했던 여행의 기억들은 과거의 내가 지금의 나와 황제-사신의 역할을 각각 맡아 서로 대화하게 만든다.

　2022년 여름 여러 사람과 에든버러, 더블린을 다녀온 뒤 나는 이탈로 칼비노의 이 책을 읽었다. 에든버러행은 (내 입장에서) 결과만 놓고 보자면 실패에 가까웠다. 파주 출판도시를 변화시킬 아이디어를 축제 도시 에든버러에서 얻자는 게 목표였건만 여행 내내 과거 삶의 잔해 같은 것을 마주하거나 잊어버렸던 기억들이 떠올라 오히려 내 관심사는 미래가 아닌 과거로 향했기 때문이다. 혼자 여행을 떠나는 사람은 자기 기억에 붙들려 과거를 되새김질하기 쉬운데, 여럿이 떠나도 이 점은 마찬가지여서 우리는 주로 시간여행을 하듯 지난 시절로 돌아간다. 지금이 되지 못한 과거는 실체가 없는 것인데도, 사람들은 쉽사리 삶이 달라질 수도 있었다고 생각한다.

　일이 곧 생인 것처럼 매달려온 지선과 석민은 삶의 쾌락을 어떤 것에서 느끼기보다 성취해내는 데서 찾았다 (이러한 생각은 존 스튜어트 밀 등 많은 근대주의자가 한 것이

기도 하다). 그들은 오십대 중반에 접어들어 여행 내내 그동안 삶에서 배제시킨 것들을 곱씹었다. 그것은 일을 최우선 순위로 놓고 살아온 나 역시 마찬가지였는데, 삶에서 종종 소외시킨 것은 바로 나 자신이었다. 하지만 지선과 석민은 나와 다른 점이 있었으니 따뜻하고 모나지 않고 너그럽다는 점이다. 이것은 그들의 발달된 사회적 자아 덕분인데, 둘 다 막내로 태어났음에도 마치 맏이처럼 생각하고 행동해온 결과이다. 그것은 둘에게 '자신이 진짜로 욕망하는 것'을 후순위로 놓게 해 중년에 방황할 거리를 예비해두기도 했지만, 내겐 그 모습이 진정 그들다워 보였다.

반면 사회적 자아가 상대적으로 덜 발달한 나는 여행에서 할퀴는 말을 몇 번 들었다. 열흘간 함께 여행한다는 것은 서로 다른 태도들이 만난다는 뜻인데, 내 태도는 이따금 평지를 뚫고 돌출된다. 어느 날 내가 문자메시지를 남기고 일행에게서 떨어져 나와 숙소로 먼저 들어갔더니 석민은 후에 "그 정도쯤은 기다릴 줄 아는 사람이 됐으면 좋겠다"라고 조언했다. 조언은 부드러워도 상처를 낸다. 듣는 이가 타인의 판단에 붙들려 꼼짝 못 하는 처지가 되기 때문이다. 전날 나는 대화 중에 자연에 대한 애정을 드러내며 이런 말도 했다. "저는 숲이 좋아요. 마음을 치유하는 효과가 있어서요." 그때 누군가가 "치유된 게 그 정도예요?"라는 짓궂은 농담을 던졌다. 순간 숲을 좋아한 것이 민망할 만큼 내 마음은 벌겋게 달아올랐다. 농담과 조언은 때로 여행에서 핵심으로 남지만, 누군가가 안간힘을 써서 잊으려는 기억도 때로는 여행에서 비롯된다.

　나와 일행의 대화가 가끔 긴장과 충돌의 기미를 보였던 것처럼, 책에서 칸과 마르코도 서로 눈치를 본다. 황제는 듣고 싶은 것을 들으려 하고, 사신은 자신이 중시하는 것들을 묘사하려 한다. 하지만 그 대화가 아름답게 여겨지는 이유는, 처음에 이국의 풍물과 제도 등 도시의 화려한 면모를 궁금해했던 황제가 점점 사신의 이야기에 스며들어 둘이 냄새나는 뒷골목을 나란히 걷는 듯한 동행자가 되기 때문이다. 황제는 조금 변하여 이렇게 말한다. "자네에게 알고 싶은 건 이런 걸세. 숨겨 가지고 온 걸 고백하게. 심리 상태, 아름다움, 슬픔들을!" 나 역시 스코틀랜드와 아일랜드의 지형이나 벽돌의 재질, 색깔, 주택들의 아치와 문의 모양을 세세히 살피기보다는 벨파스트에 사는 것의 슬픔을 엿보았고, 또 우리와는 달리 매사에 웃음을 헤프게 짓는 영국인들의 아름다움을 보기도 했다.

　우린 이번 여행에서 서로 많은 말을 했지만, 상대가 차마 말하지 않은 것도 짐작할 수 있었다. 태도, 사물을 보는 관점, 자신의 지난날을 회상하는 방식, 결코 내뱉지 않는 어떤 결여된 생각들이 그의 지난 삶을 그려보게 했기 때문이다. 현실에서 한발 떨어져 나온 여행자는 보통 너그러워져 서로 쉽게 섞여들지만, 실은 눈빛과 말투, 몸짓 하나하나가 타인에게 읽힐 빌미가 되어 우리는 벌거벗은 모습이 된다.

　한편 모든 여행은 시각적 경험을 강렬하게 남겨 내

가 사는 곳과 방문한 곳을 견주며 그 도시의 이미지를 머릿속에 새겨 넣게 된다. 마르코 폴로는 칸에게 말한다. "페린치아의 거리와 광장에서 매일 폐하는 장애자, 꼽추, 뚱뚱한 남자, 수염 난 여자들을 만날 수 있으실 겁니다." 병렬이 등치관계를 나타내는 것이라면, 뚱뚱한 사람은 장애인이나 꼽추와 나란히 놓인다는 뜻이다. 뚱뚱한 것은 마치 질병처럼 여겨지는 것일까? 비만에 대한 인류의 지속되는 경멸은 어디서나 읽고 목격할 수 있다. 여행 중 누군가 영국 여자들은 뚱뚱하다는 말을 했는데, 우리는 타인에 대해 서슴없이 응시의 권력을 가져도 되는 걸까? "후유…… 저기 저 사람 뚱뚱해서 내가 다 숨이 차다." 서울에서 몇 번 만난 A작가는 길을 걷다 맞은편에서 살찐 사람이 걸어오면 어김없이 이렇게 반응했다. "선생님, 그렇게 말씀하시면 안 돼요"라고 그 자리에서 반박해도 내 말은 그의 귀에 가닿지 않는 듯했다.

여행의 또 다른 일행이었던 송승환 배우는 어쩌면 가장 값진 것들을 얻었을지 모른다. 칼비노의 소설이 말하듯 수많은 도시는 눈이 있는 자들에게조차 "보이지 않는"데, 시력이 상당히 훼손된 그에게 에든버러가 더 잘 보일 리는 없었다. 하지만 등산용 스틱과 망원경과 다른 사람의 팔에 의지하며 다니는 그의 뒷모습은 오히려 청년처럼 가장 젊었고, 그의 혀에서 맴돌거나 뱉어지는 말들은 누구의 말보다 부드럽고 자유로웠다. 나머지 일행과 달리 과거에 에든버러를 몇 차례 방문했던 사람으로서 그는 그 도시의 공기를 환기하고 있었다. "도시는 기억으로 넘쳐흐르는 이러한 파도에 스펀지처럼 흠뻑 젖었다가 팽창합니다." 송 승환은 수년 전 에든버러에 난타 공연 팀을 이끌고 온 적이 있고, 거리의 모퉁이나 창살마다 자기 기억을 새기고 있는 사람이었다. 그래서인지 이곳을 고향처럼 편안히 느끼는 듯했다. 그는 한창때를 넘겨 에든버러에 처음 온 우리 일행 을 안타까워했다. 그것은 도시에 넘쳐흐르는 청춘 남녀의 낭만적 연애 감정이 우리에겐 너무 늦게 당도했다는 뜻이 었지만, 그곳 축제의 공연들을 보는 우리의 관점 자체가 이 미 청춘을 지나 어느 정도 겉돌고 탁해져 있는 것도 사실이 었다. 가령 옥스퍼드대학교 아카펠라 동아리의 공연을 보 며 나이 든 우리는 젊은 그들의 '넘치는 에너지가 부럽다' '기특하다'라는 식으로 감상할 수밖에 없었다. 마치 자식을 대하는 심정처럼.

　"어쩌면 우리의 대화는 쿠빌라이 칸과 마르코 폴로 라는 별명을 가진 두 거지들이 하는 대화인지도 모르네. 두 사람은 쓰레기 더미를 뒤지고 녹슨 잡동사니, 천 조각, 폐 지들을 모아 쌓지." 칸은 긴 대화를 하던 중 마침내 사신 마 르코에게 이렇게 말한다. 이 문장은 어떤 말보다 그윽하고 진실에 맞닿아 있는 듯하다. 칸의 현실이 온갖 보석으로 둘 러싸여 화려한 만큼 그는 현실의 포로가 되어 있는데, 그 때 멀리서 사신 마르코가 온갖 도시의 기억들을 가지고 돌 아온다. 이리하여 황제의 도시가 맞을 미래란 여태껏 심고 일궈온 과거를 바탕으로 만들어질 예정인 것이다. 그렇다면 에든버러와 더블린에서 우리도 넝마주이였을 것이다. 열심히 과거를 헤집었더니 건져 올린 것은 찌꺼기 같은 것, 꿈쩍도 하지 않는 과거, 내뱉지 말아야 했던 말들, 겸손을 가장한 약간의 나르시시즘, 거의 변화시키지 못할 근미래 같은 게 아니었던가.

　　　마지막 날 더블린에서 지선은 조금 취했다. 나와 석민을 위해서였는데, 그날 밤 지선은 대화의 가교가 되기 위해 술도 먹지 않는 두 사람 사이에서 좋은 말들을 했고, 그건 안개 짙은 더블린에 모든 기억을 남겨놓고 오도록 해주었다. 우리가 현실 속에서 정말로 거지나 넝마주이가 되지는 않도록, 낡은 외투라도 하나 건져 올리도록 지선은 미래에 조그마한 틈을 내주었다. 그 사이로 휘영청 만월이 떠오르더니 우리 세 사람을 비추었다.

4

나
자
신
에
게
서

멀
어
지
기

"여기엔 아무도 없다: 그러나 장엄한 태양 하나가,

 그리고 나쁜 사람 하나가 있다."

  루트비히 비트겐슈타인, 『비트겐슈타인의 1930년대 일기』

"네가 네 앞에 서면 휑하지."

  김영민, 『옆방의 부처』

"자기 삭제는 자기 확장을 낳을 것이다."

  지그프리트 크라카우어, 『역사』

질서와 이름 속에 포함되지 않는 빛나는 존재

룰루 밀러, 『물고기는 존재하지 않는다』

분류에 욕심을 내는 일, 지도를 그리고 목록을 짜며 계통도를 그리는 일은 아름답다. 축적과 선명함의 세계를 열어주기 때문이다. 그러므로 책장을 넘길수록 해체를 향해 달리는 룰루 밀러의 『물고기는 존재하지 않는다』는 지저분함, 엉망의 세계다. 그는 우선 분류학자, 계통학자들의 축적을 허물고, 미국의 우생학적 정책과 과학자들의 업적을 추적해 무너뜨리며, 견고한 이성애자의 세계에서 빠져나와 색다른 연애를 하고, 한때는 삶을 헐어 죽음으로 건너가려는 시도까지 했다. 이 책은 몸과 정신이 일체가 되어 세상을 내 안에 심고, 범상치 않은 타인들을 자기 안에 심어 새싹을 틔워내는 여정을 기록하고 있다.

책의 핵심은 이것이다. 나를 흩뜨려 물고기와 몸을 섞는다. 당신은 물고기이고, 물고기는 당신이다. 도나 해러웨이식으로 말하자면, 저자는 땅속 지렁이와 하나 되게 하는 경이로운 삶의 방법을 알려준다. 그것은 계몽을 갈아

엎는 일이다. 이것이 퇴보가 아닌 이유는 각자의 세계를 재배열하는 것이기 때문이다. 이 책은 우리가 명찰을 떼어내 무명으로 존재하기를, 그래서 자유를 얻기를 북돋운다.

　나는 10여 년 전 『2천년 식물 탐구의 역사』를 편집하면서 '식물의 아버지'로 이름난 린네의 식물 명명법이 대상의 본질을 외면하고 폭력적으로 질서를 추구한 것임을 처음 알게 되었다. 그는 수많은 선대 학자들의 어깨를 밟고 올라선 식물계의 거인이었는데, 그런 거인의 오류를 깨닫자 편집자로서 학자들의 주장과 논증을 밝힌 책을 펴내는 게 두려워졌다. 지도 작성에의 열정과 오류를 밝힌 『고지도의 비밀』을 편집하면서 그 두려움은 점점 짙어졌다(이 책의 저자 류강 역시 고지도 추적에서 오류를 범한 것일 수 있어서). 국내의 몇몇 학자가 논문에서 시도한 상징 해석, 공통점 몇 가지로 역사에 새로운 해석을 가하는 것은 때로 모래 위에 짓는 성 같아 편집자는 확증되지 않은 가설에 연루되는 불안감을 갖게 된다. 이것은 모두 인간이 체계와 질서, 이름을 추구하기 때문에 발생하는 일이다.

　『물고기는 존재하지 않는다』는 책 속의 책 형태를 띠고 있기도 하다. 데이비드 스타 조던은 이 책의 주인공으로, 밀러는 여러 기록을 바탕으로 그를 쫓아 몸을 이리 뒤집었다 저리 뒤집는 작업을 한다. 조던에게는 존경할 만한 점이 뚜렷이 있다. 식물에 광적인 호기심을 보이며 "자연 속을 더듬고 다니는 일"을 했다. 하지만 어른들은 "아이들이나 하는 놀이"를 한다며 그를 업신여겼다. 이럴 때

보통 사람들은 기로에 놓인다. 세상의 흐름과는 동떨어져 고집스레 제 갈 길을 가거나 아니면 확실성의 세계로 들어가 돼지를 치고 채소를 키우고 우유를 짜거나. 예컨대 이제 칠순 팔순이 된 대구 우록리의 몇몇 할머니는 가난한 형편을 이유로 딸을 교육시키지 않으려는 부모에게 순종해 하루 종일 담뱃잎을 따고 고추 심는 일을 평생의 업으로 삼았다. 그것은 곡식 낟알을 손에 쥐어주는 확실성의 세계였지만, 다른 한편 70여 년간 모국어조차 읽고 쓰지 못한 채 살아야 하는 어둠의 세계였다. 그녀들의 밤하늘에는 최근까지 별이 뜨지 않았다(마을에 한글 교실이 열리면서 별이 하나둘 뜨는 중이다). 한편 조던은 전혀 다른 제3의 길을 만들어냈다. 그것은 우연히 그가 페니케스섬에 발을 들이면서 시작되었다.

조던은 1873년 7월 8일 스물두 살일 때 당대 가장 유명한 박물학자였던 루이 아가시를 따라 젊은 학자들과 함께 섬으로 들어갔다. 이들 남녀는 한데 모여 연구하면서 서로 추파도 던졌지만, 조던은 다른 일로 혼자 마음이 다급했다. 이 다급함은 평생 그를 따라다니게 되는데 가령 이런 것이었다. 이게 각섬석인가? 아니면 녹렴석인가? 이 둘을 어떻게 구별할 수 있을까? 조던이 바다 물고기들을 처음 만났을 때 아직 그것들은 이름도 없는 미지의 존재였고, 호기심 많은 그는 이를 "남은 평생 맞춰야 할 퍼즐"로 여기고 "비늘로 된 실마리"로 삼는다.

이후 학자로 왕성하게 활동하던 조던을 눈여겨본 미

국 정부는 그를 텍사스, 미시시피, 아이오와, 조지아, 테네시로 파견해 미지의 어류들을 밝혀내게 했다. 이를테면 미국의 지질학자 애니타 해리스가 정부의 돈을 받으면서 로키산맥 이 산 저 산의 돌을 맛보고 지질구조를 밝혀내는 것처럼. 그럼으로써 구조, 계통도, 이름의 목록이 쌓여갔다. 특히 지표면이 아닌 물속과 땅속은 눈에 보이지 않기에 정부로서는 뛰어난 학자들을 파견해 그 비밀과 원리를 캐내고 싶어 했다(거기에는 돈이 되는 어마어마한 자원도 숨어 있다). 그리하여 조던과 역사 속 수많은 학자는 계몽의 세계로 나아갈 수 있었다. "계몽으로 나아갈 방법은 이 세계의 털가죽과 꽃잎과 조약돌들을 계속해서 더 세밀하게, 더 오랫동안 들여다보는 것이었다."

저자도 조던을 좇아 수직과 체계의 세계로 성큼 발을 들여놓는다. 그 세계가 좋은 이유는 죽처럼 뒤섞여 혼돈스러운 지구의 삶에 의미를 부여해주고, '내가 사소하다'는 감각을 잊게 해주기 때문이다. 밀러의 아빠는 가끔 딸에게 이렇게 말했다. "진실은 이 모든 것도, 너도 아무런 의미가 없다는 것이란다." 이처럼 존재의 무거움을 덜어주는 말은 네 마음껏 좋을 대로 살라는 뜻이므로 마치 아이에게 무한한 자유를 부여하는 것 같다. 하지만 어릴 때 허무주의와 혼돈을 알게 되면 아이는 땅에 발 딛는 안전한 감각을 얻기 전부터 중심을 잃고 갈지자걸음을 걸을 수밖에 없다. 가끔 자해와 자살 시도도 하면서.

자살은 이 책의 핵심 주제가 아니기에 저자는 자신

의 시도를 흘리듯 한 문장으로 적으며 지나가버린다. 저자가 가족에게 자살 암시를 했는지는 모르겠지만, 자해와 자살 시도를 한 나의 저자들은 그런 사실을 자살이 실패로 돌아가고 시간이 한참 흐른 뒤에야 털어놓는다. 아마도 내가 기댈 의지처가 못 되기 때문일 텐데, 어쨌든 자살은 시도하는 이의 머릿속을 온통 검게 물들여 다음번에는 반드시 목숨을 끊는 데 성공하겠노라고 다짐케 한다. 저자 역시 첫번째 시도에서 실패했을 때 다음 기회를 기약한다. 그런 시도는 상실, 허무, 무너짐, 바닥으로의 우울로부터 양분을 얻는다.

다시 조던의 이야기로 돌아오자면, 그는 1883년의 실험실 화재, 1906년의 샌프란시스코 지진을 겪으며 역사의 불운 한가운데에 서 있었다. 그가 수집한 표본이 담긴 유리 단지들이 폭발하고 이름 붙였던 라벨들이 다 불타버렸기 때문이다. 창세기의 세계가 묵시록의 세계로 하루아침에 뒤바뀌었으니 땅바닥에 주저앉아 머리칼을 쥐어뜯으며 울 법도 한데, 그는 회복탄력성이 강한 사람인 것인지 자신의 무리와 함께 다시 천 가지 새로운 물고기 종을 찾아내 라틴어 학명을 붙였다. 루샤누스 요르다니, 뭑테로페르카 요르다니, 에옵셋타 요르다니…….

이런 지식을 향한 열망이 낙천주의와 결합될 때 사람은 점점 확신성의 세계에 갇히게 된다. 바로 그것이 문제다. 방패가 너무 튼튼하고, 모든 것에 명확한 이름이 달린다는 것. 이름이 붙는 순간 그것의 의미가 규정되며, 이름

너머의 잔여 의미는 없는 것이 되어버린다. 여러 번 엎치락 뒤치락한 뒤 저자는 한순간 조던의 노트에서 거짓말 하나를 발견한다. "운명의 형태를 만드는 것은 사람의 의지다." 마치 자연보다 인간이 더 우위인 듯 설명한 이 문장은 인간을 사악함으로 이끈다며 애초에 조던이 스스로 경계했던 바이다. 자연은 인간의 사정을 봐주지 않는다는 것을 과학자들은 너무나 잘 알기 때문이다. 이때 밀러의 추적은 과학에서 심리학으로 넘어가 조던 시대 미국인들의 자녀 교육과 사회의 지배 심리를 파헤친다. 이러한 분석은 나치주의자들처럼 자유민주주의 국가 한가운데서 우생학자와 인종차별주의자들이 돌출하기 시작한 한 가지 원인을 밝혀내기도 한다("나는 이 심리학자들이야말로 어중이떠중이들이 모여 '낮은 자존감'을 조용히 응원하는 치어리더들이라고 생각한다").

저자는 조던이 남긴 모든 기록물, 그에 관해 다른 이들이 쓴 텍스트까지 찾아 읽으면서 이상한 공허가 불쑥 침입하는 것을 계속 느꼈다. 여기서 저자의 혼돈과 불행이 시작된다. 조던과 나 모두 이토록 열정적인데 왜 공허할까? 이에 조던이 집념으로 과학의 탑을 쌓아나간 것을 저자는 반대 방향에서 집념을 발휘하며 무너뜨리려고 노력한다. 이것은 이성과 추정을 총동원해 한 사람(조던)의 세계가 동심원에서 벗어나 질주하는 것을 추격해 그가 주변 마을과 숲을 쑥대밭으로 만드는 것(자신이 믿는 과학 아닌 것의 제거)을 어떻게든 멈춰 세우려는 시도 같다. 조던은 인간이 중요하다고 말하지만 저자는 "우리는 중요하지 않다" 쪽으로 달려간다. 하지만 이것은 무의미를 뜻하지 않는다. 오히려 인간이 사소하다는 감각을 가져야 더 큰 자연의 세계로 나아갈 수 있다. 우리 사소한 존재들은 서로 조금씩 주고받고 존재의 그네를 앞으로 밀어주면서 점차 너는 나에게 중요하고 나도 너에게 중요하다는 감각을 일깨워간다. 그것이 우리가 어둠 속에서도 살아남게 하는 실 한 가닥이다. 이처럼 절정을 향해 치닫는 혼돈과 확실성의 대결 속에서 저자가 찾는 답의 실마리는 위대한 과학자 다윈에게서 발견된다.

1980년대에 분류학자들은 타당한 생물 범주로서 "어류란 존재하지 않는다"는 사실을 깨달았다. 외양에 속지 않는다면 비늘을 가진 물고기나 살갗을 가진 인간은 별반 다르지 않은 존재일 거라면서. '물고기'는 단지 언어일 뿐이다. 우리는 자주 김춘수의 시 「꽃」을 읊으며 이름을 붙임으로써 생겨나는 의미를 강조하지만, 밀러는 오히려 이름을 붙이면 더 이상 그것을 제대로 바라보지 않게 된다며 '의미로서의 물고기'를 제거한다. 이것은 이탈로 칼비노의 「물고기 할아버지」(『우주 만화』)라는 작품을 떠올리게 한다. 칼비노는 소설 속에 물고기 할아버지를 등장시킨다. 그 할아버지의 손자는 비늘을 벗고 점점 인간 남자가 되더니 뭍에 있는 인간 여자에게 사랑의 감정을 품는다. 그런데 웬일인가. 인간 여성은 사귀던 그 청년보다 수영을 잘하는 물고기 할아버지에게 더 강한 로맨스의 감정을 느낀다. 그리하여 그 여성은 인간인 데서 벗어나 바닷속으로 들어가 물고기 할아버지와 유영하는데, 이것은 더 깊고 넓은 약속의 땅을 보여주었다.

이처럼 더 좋은 것은 기존의 것이 부서질 때 얻어질 수 있다. 미국의 사회운동가 파커 J. 파머가 자신의 글에서 "부서지며 열린다"는 말을 반복해서 쓰듯이, 우리는 아프고 부서진 다음에 경계 없는 세계로, 흑백의 구분이 없는 세계로, 계급이 별것 아닌 세계로 들어선다. 물론 인간은 어리석으므로 이런 점을 대부분 몸이 아프고, 생활이 유리처럼 부서지고, 직업을 잃거나 연인을 잃은 다음에야 깨닫는다.

지도, 질서, 목록, 체계성은 인간의 오만을 입증한다. 군대 같고, 적군 제거 전담반 같다. 질서 속에 포섭되지 않는 것을 하찮거나 비존재인 것으로 취급하는 일은 위험하다. 이 책은 질서에 대한 경외를 뒤흔드는 지진 같은 책이며, 혼돈의 반격이다. 자연 그리고 세계는 언제든 인간의 시도를 뒤엎을 준비를 하고 있다. 질서가 많을수록 혼돈은 더 클 것이다. 그리고 당신은 길을 잃어버릴 것이다.

잃으면 넓어진다

리베카 솔닛, 『길 잃기 안내서』

산다는 것은 자신의 천박함을 깨닫는 동시에 타인의 좋음을 받아들이는 과정이다. 나는 직선을 추구하고 종종 위를 쳐다봤지만 나의 좋은 타인들은 길 잃기를 두려워하지 않고 땅의 거북이를 관찰하거나 발밑의 뱀이 차바퀴에 깔리지 않도록 주의를 기울이며 길을 다녔다. 리베카 솔닛의 『길 잃기 안내서』는 한 발은 야생에, 한 발은 도시에 걸쳐두고 현실적으로든 은유적으로든 길을 잃음으로써 자신을 확장해간 사람들에 대한 기록이다.

오늘도 나는 확실성의 세계에서 목표지향적으로 산다. 모국어로 된 원고를 읽고, 불확실한 세계에서 버티는 작가들에 기대어 판매가 점쳐지는 몇몇 책을 바탕으로 매출 목표를 세우며, 거침없는 성장을 촉구하는 회사 대표의 욕망을 내 것으로 삼는 데 별로 주저함이 없다. 이런 내게 남아 있는 옛 친구는 몇 명 안 된다. 대학 시절 친구들은 대부분 미국으로 떠나 새 삶을 일구었다. 새 언어와 문화를 택한 그들은 한때 불확실한 삶을 견뎠겠지만, 애초에 그 욕망은 더 높이 상승하려는 것이었기에 '길 잃기'와는 관계가 없었다. 다만 그중 파리행을 택했던 은혜(나와 동명이인이다)는 불확실성이 큰 환경 속에서 잘 살아남은 친구다.

은혜는 늘 부드러운 톤으로 말한다. "오늘은 같이 하루 종일 걷자. 걸어서 다니지 않으면 내 공간이 안 되는 것 같아." 그래서 우리는 함께 걷는다. 걷다가 "뭐 먹고 싶어?"라고 내가 물으면 "네가 먹고 싶은 것 먹자. 네 취향 그대로 느껴보고 싶어"라고 답하는 사람이다. 그렇게 둘이서 길을 많이도 걸었다. 서울, 부산, 대구, 포항, 도쿄……. 은혜는 대학 졸업 후 학비가 무료인 파리로 공부하러 떠났다. 자는 것은 그곳에 일찍이 정착한 외삼촌에게 도움을 조금 받았지만 먹는 것은 바게트빵 하나 혹은 초콜릿바 하나로 하루를 난 적도 있다. 학교를 마친 뒤 세계를 자기 것으로 삼는 삶이 이어졌다. 파리, 베이징, 도쿄 등에서 근무하던 은혜는 연락이 없다가 몇 년 만에 갑자기 나타나 만나자고 했다. 나는 관계가 끊어질 듯 희미하게 재개되는 것에 익숙하지 않았고, 가끔은 그런 삶이 불안하지 않을까, 허공에 떠 있는 것 같지 않을까 하는 의심을 품기도 했다.

솔닛은 내 친구의 입장이 된 양 길 잃는 삶의 비밀을 책 한 권으로 펼쳐 보인다. "길을 전혀 잃지 않는 것은 사는 것이 아니고, 길 잃는 방법을 모르는 것은 파국으로 이어지는 길"이다. 은혜의 전공은 토목공학으로, 그녀는 문학 책을 거의 읽지 않는데도 그녀가 확장시키는 세계는 누구의 삶보다 더 문학적이었다(나는 가끔 문학 책을 읽는 사람들이 더 '문학적'으로 살지 않나 하는 착각을 한다). 은혜는 미지를 향해 문을 활짝 열어둔다. 그것이 밝음, 희망 같은 말과 반드시 등치되는 것은 아니다. 중국인의 더러움, 일본인의 기이함 같은 부정적 생활 소감도 딸려 왔기 때문인데, 어쨌든 그렇게 몇 년이 지나면 중국도 일본도 그녀 안에 다 스며 있었다. 오랜만에 만나면 낯선 것과의 접촉면을 넓히는 가운데 자신을 부풀린 모습, 두터워진 내면의 모습이 그녀에게서 언뜻언뜻 비쳤다(멀리 다른 나라에 가 산다고 해서 모두 이런 자질을 갖추는 것은 아니다. 그녀의 언니도 새 삶을 꿈꾸며 파리로 떠났지만 곧 한국으로 되돌아왔다).

은혜의 삶은 미국으로 떠난 친구들의 것과 대비됐다. '확장'과 '상승'의 대비랄까. 넬라 라슨의 『패싱』에는 피부색만 보면 감쪽같이 백인인 혼혈의 물라토들이 등장한다. 흑인의 피를 한 방울 이상 갖고 태어난 중산층의 그녀들은 순수 백인의 입장에서 보면 영락없는 흑인이지만, 그녀들은 곧잘 백인인 척한다. 익숙하고 친근했던 흑인의 정체성을 모두 끊어내고 위험하게 탈주하는 '패싱'은 백인 사회에 편입되고 싶어 하는 강렬한 욕망을 드러낸다. 그것은 상승 욕구에 다름 아니다. 반면 '길 잃기'는 익숙했던 것들과의 결별이라는 면에서 패싱과 마찬가지일지 모르나 체제 편입의 욕망과는 관련성이 옅다. 패싱을 한 이들이 평생 불안을 끌어안고 사는 것과 달리, 길 잃은 이들은 자신이 멀리 떠나왔다는 것에 진정 희열을 느끼는 듯하다.

솔닛은 자기 자신이 직선으로 곧장 다니는 삶을 살았고, 길을 잃지 않으려고 노력했다는 윤리적 뉘우침의 뉘앙스를 풍기면서, 역사 속에서 길을 잘 잃었던 사람들, 자기 주변에서 훌륭하게 길을 잃었던 사람들의 이야기를 들려준다. 어떻게 하면 길을 잃고, 거기서 쉼 없이 움직여 또다시 길을 찾을 수 있을까. 사실 '잃기'만 한다면 방향감각 없는 길치일 뿐인지도 모른다. 혹은 생존능력 미달이거나. 잃는 것의 미덕은 잃어서 새 땅에 뿌리내릴 수 있고, 형질 전환을 일으켜 이전 세계로 되돌아갈 수 없는 몸과 마음이 되며, 길 잃었던 장소를 온전히 소유할 때 발휘된다. 때로 지옥으로 가는 길목에 잘못 들어섰다면 계속해서 발을 놀려 그곳에서 빠져나올 수 있어야 한다. 19세기 아메리카 대륙 탐험에 나섰던 스페인 사람들 중 일부가 그런 예다. 이 탐사대는 아메리카 대륙을 지나면서 "모든 장소를 자신의 집처럼 여"겼고, 때로 노예가 되면서도 자신들이 헤맨 장소에 스며들어 고국으로 돌아가려 하지 않았다.

'투자를 하려면 리스크를 줄이도록 분산투자를 하라'는 말을 금과옥조로 여기는 요즘 시대의 사람들처럼 통장 속 몇 푼을 잃는 것에도 마음이 흔들리는 이들에게는 (직선으로 다녔다는 솔닛 자신의 말과 달리) 솔닛 역시 길을 꽤 많이 잃은 사람처럼 비친다. 사막을 여행하던 중 그곳에 거주하는 한 남자의 집에 우연히 들렀다가 그와 연인 사이가 되어 수개월 동안 모래바람 속에서 산 적이 있기 때문이다(생판 남은 아니고 전에 도시에서 한 번 만난 적이 있긴 하

4 나 자신에게서 멀어지기

다). 야생 기질의 남성과 살면서 그녀는 점점 도시를 잃고 자연을 얻었다. 점점 문명을 잃고 사막의 동물들을 얻었다. 빠르고 유창하게 쏟아지는 학문의 언어들을 잃는 대신 깊은 말들을 얻었다.

야생의 자연을 자신이 가장 공명할 공간으로 여기는 솔닛은 열다섯 살 때부터 10년간 도시와 공명하는 삶을 살았지만, 결국 도시를 달갑지 않게 생각한다. 도시는 "가장 환원적인 형태의 사회"이기 때문이다. 사람들은 서울에 자기 집이 없는 이들에 대해 돈 버는 능력이 부족해 교외에서 불편한 삶을 산다고 지레짐작한다. 하지만 서울을 한번 떠났던 이들은 그곳에 돌아가고 싶어 하지 않는 경우가 많다. 나 역시 투기꾼들이 돈 잔치를 벌이는 서울을 좋아하기가 힘들다. 넣은 돈을 몇 배 더 불려주는 환영幻影 같은 환원성이라 환호와 비명이 동시에 귓가를 때리는 그 도시는 소란스럽고, 그래서 반드시 튕겨져 나가는 사람들이 생긴다. 『아직 트라우마를 겪고 있지만』의 저자 하강산은 서울 공동주택의 소음과 개인적인 트라우마로 인해 서울의 집, 가족, 사회로부터 떨어져 나온 사람이다. 아직 그는 길을 헤매는 중이지만, 언젠가 입구와는 전혀 다른 새로운 출구로 나오길 바란다.

생각해보면 나 또한 여느 사람들처럼 길 잃기를 시도해 성공도 하고 실패도 했다. 고등학생 때 반에서 가장 좋은 성적을 받았음에도 불구하고 고집대로 이름도 없는 신생 학교를 택했던 것은 나름 창의적 선택이었으나 그것은 결국 실패한 길 잃기였을까. 사람을 사귈 때도 일직선으로 난 길을 곧장 걷는 사람은 상실 속의 풍요를 볼 줄 모르는 듯해 거의 어울리지 않았다. 그러고 보면 나도 조금은 길을 잃을 줄 알았던 사람이었을까.

　　길을 잃는다는 것은 분명히 장소성을 의미해 내가 있는 이곳의 바깥을 탐험한다는 뜻이다. 그러면서 우리는 처음 만난 타인들 속으로 들어가 그곳에서 "잠시라도 타인의 심신을 걸쳐볼 수 있"게 된다. 거기서 잃는 것은 '과거의 나'다. 길을 잃으면 나를 잃고 (그런 두려운 처벌 속에서) 새로운 자신을 얻는다. 길을 잃으면 들어갔던 입구로 도로 나오는 것이 아니라 새로운 출구로 빠져나오게 된다. 솔닛은 이것이 때로 재앙이 될 수 있지만, "자신을 새로이 발명하는" 일이라고 힘주어 말한다. 늘 경쟁심에 불타는 우리 인간들은 이때도 타인의 삶을 곁눈질하며 누가 더 멀리 뛰는가를 살필 것이다. 이런 경쟁은 좋은 경쟁이다. 멀리 뛸수록 더 많은 장소에 가닿고, 그 장소들은 온전히 나 자신이 될 것이기 때문이다. 나는 경쟁에서 이기고 싶어 이번에는 한 남자의 몸속으로 들어가고 싶어졌다.

내게 없는 몸을 향한
읽기와 동경

얀 그루에, 『우리의 사이와 차이』

길을 걸을 때 불문율이 있다. 맞은편에서 오는 사람을 빤히 쳐다보지 말 것. 모르는 이를 길게 바라보는 것은 눈인사일 리 없고, 관찰이나 판단하는 시선으로 읽힐 우려가 있기 때문이다. 매일 아침 공원을 걷는데 마주치는 사람은 스무 명 남짓. 같은 곳에서 운동기구를 사용하는 이들과는 인사하지만, 그 외에는 눈을 쳐다보지 않으려 노력한다. 한 여성이 늘 같은 시각에 아들의 손을 잡고 지나간다. 둘은 유일하게 사람들의 시선을 받는다. 자폐 증상으로 음성 틱을 내는 아이는 어른들이 저절로 쳐다보게 되는 대상이다. 몇 사람은 탄식이나 감탄도 내뱉는다. "쯧쯧. 저 엄마 정말 대단해. 엄마 먼저 죽으면 아들은 어떡해." 이야기의 주인공은 언제나 엄마이고, 아이는 다 큰 십대인데도 불구하고 귀 없는 존재로 여겨지거나 혹은 아직 도래하지 않은 어두운 미래의 주인공으로 낙점된다.

시선에는 두 종류가 있다. 미국 태생의 영화평론가

도널드 리치는 아내와 함께 일본에서 60여 년간 살았는데, 모국으로 돌아왔을 때 아내는 일본에 그리운 것이 있다고 했다. 그것이 무어냐고 묻자 바로 "사람들의 시선"이라고 했다. 서양인이자 키 큰 여성으로서 그녀는 일본인이 자신을 '가이진がいじん, 외국인'으로 바라보는 특권을 누렸다. 근대 시기 중국의 식자층 남성들도 타인의 시선을 즐겼다. 문호가 막 개방되던 시기에 국제화된 세계에 몸담고 있음을 스스로 인식하면서 인민들의 시선을 받는 것을 기꺼워했다. 하지만 우리가 주목하는 시선은 이런 종류가 아니다.

타인의 시선이 '낙인stigma'이라는 오래된 이야기를 얀 그루에는 자기 삶의 기억과 기록을 총동원해 『우리의 사이와 차이』로 써냈다. 얀은 세 살 때 척수근육위축증이라는 난치성 유전질환을 진단받았다. 걷지 못하고, 오래 못 살 거라는 임상적 예측과 달리 현재 사십대인 그는 언어학자가 됐고, 가족을 꾸렸으며, 자식도 두었다. 책과 문헌을 들여다보는 일이 직업이지만, 그의 언어는 자신의 신체를 거쳐서 흘러나온다. 발화되기 전 몸이 언어를 흡수해 한 치의 빈말도 없게끔 만든다. "하나의 존재로서가 아니라 아무도 알고 싶어 하지 않는 하나의 신체에 불과하다는 느낌이 항상 나를 따라다녔다."

낙인찍힌 존재는 여러모로 노력하는 삶을 사는데, 얀이 기울인 노력의 대부분은 비장애인들과 겨루어도 뒤지지 않을 학자로서의 실력을 갖추는 것과 행복한 가정을 꾸리는 것에 쏟아졌다. 그는 비장애인의 시선을 꺼리지만(그

눈빛에는 어떤 인식의 형태가 있다고 생각되므로), 장애인의 시선도 꺼린다(자신은 중증의 장애인들과 다르다고 생각하거나 그들과 동류로 묶이는 것이 때로 불편하므로). 하지만 소아마비를 앓았던 미국의 시인이자 칼럼니스트인 마크 오브라이언은 부딪치기 싫은데도 계속 그의 삶에 나타난다. 이미 고인이 된 마크는 장애인으로서 '대표성'을 지니는 데다, 얀보다 앞서서 자신의 장애를 직시하는 책을 썼기 때문이다. 따라서 마크는 얀이 될 수도 있었을 일말의 가능성이기도 하며, 다른 한편 얀 자신과의 차이점을 끊임없이 발견토록 하는 기준점이기도 하다.

　　나는 이 책을 '비장애인'으로서 읽고 있다. 나이를 점점 먹으면서 신체 기능을 상실하는 것이 하나둘 늘어나니, 게다가 장애-비장애의 이분법적 틀은 맞지 않으니 이렇게 말하는 것도 틀리겠지만, 어쨌든 낙인찍힌 장애인의 삶을 살고 있지는 않다. 나는 장애인을 가까운 지인으로 둔 적도 없다. 어쩌면 장애인이 주변에 있었는데도 내 쪽에서 그들을 비가시적 존재로 여겼을 수 있다(공황장애나 정신질환을 앓고 있는 이는 주변에 꽤 있지만, 이는 선천적 불구가 아니고 또 겉으로 드러나지 않는다는 점에서 저자의 장애와 구별된다).

　　유독 중년 여성 한 명만큼은 뇌리에서 떠나지 않는다. 몇 년 전 나는 프랑크푸르트 국제도서전에 갔다가 하루는 후배와 함께 하이델베르크행 기차를 탔다. 차내에서 우리말로 대화를 나누고 있자니 한국 여성 한 분이 저편에서

다가왔다. 자신도 목적지가 같은데, 내리는 곳을 알려달라면서. 혼자 온 분이었고, 행선지가 같으니 흔쾌히 도울 수 있는 일인 데다, 그녀에게는 양팔이 없어 마음이 적잖이 쓰였다. 혼자 여행하는 것은 누군가에게는 즐길 만한 일이지만, 그녀는 혼자인 게 불편해 보였다. 몇 좌석 떨어진 곳에서 그녀는 계속 우리에게 시선을 주었다. 목적지에 도착해 함께 내리자고 말하면서 돌이킬 수 없는 시간이 심어졌다. 하이델베르크성 주변을 걷는 내내 그녀는 두세 발짝 뒤에서 우리를 계속 쫓아왔다. 우리는 웃으며 난처한 기색을 내비쳤지만 그녀는 노골적이었다. 처음에는 기꺼운 의무로 받아들였던 그녀에 대한 우리의 관심은 조용히 철회되었다. 신경 쓰이고 불편하고 여행을 온 것 같지 않았다. 그래서 불편한 얼굴빛을 했더니 그녀가 말했다. "혼자라서요. 그냥 뒤에서 쫓아다니기만 하면 안 될까요?" 우리 역시 단도직입적이었다. "그건 좀 어렵겠는데요." 다른 사람들 사이에 애써 들어가려는 신입이 흔히 그러하듯이, 그녀는 말이 많았고 과하게 친절했다. 자신은 공무원이며, 회사에서 여행을 보내줬다는, 묻지도 않은 이야기를 했다. 우리는 음료를 사 먹으러 가게에 들렀다. 그녀가 점원에게 다가가 대신 음료값을 지불하려 했다. 그런 친절은 몹시 불편했다. 중간중간 길거리와 상점과 자연을 구경하면서 이젠 갔겠지, 하고 뒤돌아보면 그녀는 그림자처럼 우리를 뒤쫓고 있었다. 우리는 더 차갑고, 더 단호하게 말했다. "저희끼리 다니고 싶어요." 마침내 그 그림자는 사라졌다. 문제는 그

다음이다. 그림자의 눈빛과 음성은 더 짙어져 수년간 수면 아래 잠들어 있다가 불시에 떠오른다. 하루쯤은 낯선 사람과 동행할 수도 있는 것 아니냐고 묻는다.

『우리의 사이와 차이』의 독서는 이렇게 진행된다. 장애와 비장애 사이의 끊임없는 비교, 장애인의 삶에 대한 짐작, 내 삶에 대한 반성, 그리고 장애인과 더 잘 지내고 싶고 그들에게 다가가고 싶다는 생각……. 타인을 알고 싶은 게 삶의 원동력 중 하나라면, 더 낯설고 멀리 있는 타인일수록 알고 싶다는 마음은 더 커지고, 그런 점에서 내게는 타고난 장애인이 쓴 이 책이 몹시 흥미로웠다.

얀은 과거와 현재와 미래를 자유롭게 넘나드는 글쓰기를 보여준다. 세 살 때 장애를 진단받은 이후로 그의 부모는 모든 임상 기록을 보관해왔고, 그는 다른 자식들이 부모에게 추억을 선물받을 때 '기록'까지 덤으로 받았다. 기록은 나의 '기억'과는 전혀 상관없다. 그건 기록자의 시선에서 쓰인 것이고, 푸코가 지적했듯이 그런 기록에는 달갑잖은 임상가들의 권위와 자의성이 배어 있다. 하지만 그것들은 기억이 담고 있지 못한 역사를 내보이며 딱딱한 언어 속으로 자꾸만 저자를 데리고 가 더 사적이고 진실에 가까운 삶의 언어를 직조해내도록 자극한다. 임상의 언어로 내 삶을 설명할 수는 없기에 그로부터 저자는 더 정확한 자신만의 언어를 만들어내고, 비장애인의 언어에도 자신의 것이 아닌 게 많기에 그는 새로운 글쓰기를 더 갈구하게 된다.

그는 노르웨이라는, 비교적 복지 체계가 잘 갖춰진

국가에서 태어났지만 "지원 기관의 도움은 내게 아무런 도움이 되지 않"았다고 말한다. 증여자에게서 떨어지는 것을 수취인은 그대로 받지 않는다는 말이 책을 읽으면서 가장 오래도록 남는 문장이었다. 우리가 그들을 낙인찍고 배제하는 것이 아니라, 그들이 우리의 정성 들인 체계와 도움을 거부할 권리가 훨씬 더 크다는 것을 이 한 문장은 압축해 보여준다.

그는 "내가 태어난 조건 자체가 나를 위협"하는 삶을 계속 살아가고 있다. 그러한 삶은 투쟁이니 더 윤리적이어야 할까. 게다가 그는 저자나 학자로서 장애인의 대표성을 어느 정도 담지하고 있으니까? 끊임없는 자기 상승을 꿈꾸며 도모하고 있는 저자는 소년 시절 장애인 캠프에 참여했다가 자신보다 훨씬 더 중증인 또래 장애인들을 방관자의 눈으로 쳐다보면서 오히려 "식욕을 느꼈"다고 말한다. 그는 다니던 학교에서 자신 말고 유일하게 휠체어를 탔던 다른 아이가 한 명 있었는데 그와 대화를 나눈 적이 없다고 털어놓는다. 저자는 말한다, 자신은 '도덕'을 위해 사는 것이 아니라고.

장애인과 비상애인은 서로 개인적인 노덕적 책무 속에서 상대를 인지한다. 낙인찍힌 사람들은 눈치를 본다. 그들은 과도하게 순종적이거나 친절할 때도 있다. 그들 중 일부는(혹은 상당수는) "더럽혀진 속성을 소유하였거나, 어떤 속성을 소유하지 못한다는 인식으로 인해 수치심이 발생"* 한다. 낙인찍힌 이들은 늘 가시적인 시간을 산다. 문제는, 그들의 시간은 그렇게 노출되어 흘러가는데, 정작 현실에서 그들의 공간은 잘 주어지지 않는다는 것이다. "거대한 추는 부재와 비공간, 나 자신을 위해 스스로 만들어낸 공간 사이를 왔다 갔다 한다."

어쩌면 이 글은 여전히 불가능을 향한 글쓰기인지도 모르며, 아무런 내용을 담고 있지 못할지도 모른다. 하지만 저자가 힘을 북돋워준다. "그것은 (…) 나만의 문제였던 적은 단 한 번도 없었다. 우리는 매일매일 이 무대 위에서 진행되는 삶을 함께 꾸려나가야 한다." 우리는 모두 배우다.

※　　어빙 고프먼, 『스티그마』.

짐을 꾸려
우리 최악의 자아를 떠나

레슬리 제이미슨, 『공감 연습』

한 배우의 등장으로 책의 커튼이 열린다. 이 배우는 대본에 충실하게 의대생들 앞에서 특정 질병을 앓는 환자를 연기한다. 의대생들은 그녀에게 애걸하듯 질문한다. 그녀의 속 깊이 들어가는 자만이 병명을 알아낼 수 있고, 시험의 관문을 통과하기 때문이다. 다시 말해 환자인 척하는 배우에게 그들의 명운이 달려 있다. 이 배우는 각 학생의 공감 지수를 항목별로 매긴다. 평소 우리가 병원에서 보는 의사들과 달리, 이들 지망생은 질문으로써 환자에 대한 연민을 발휘하고, 퍼포먼스처럼 펼쳐지는 배우의 발작에서 환자의 삶의 서사를 읽어낸다.

이 배우는 『공감 연습』의 저자 레슬리 제이미슨이다. 그녀는 의료 배우로서 이를테면 망가진 심장을 가진 여자를 연기하지만, 실제 삶에서도 그녀는 환자인 적이 많았고, 발굴할 만한 자기 상처가 꽤 있는 사람이다. 우선 책 초반에는 그녀가 낙태 수술을 받던 때, 곧 흔적조차 없어질

배 속 아기에 대한 무감각, 병실을 한시도 떠나지 않고 지키는 애인에게서 느끼는 거리감 등 공감 결여의 나날을 되짚는다.

　"화장실 좀 다녀올게." 엄지원은 상업고등학교를 갔고 사회에 일찍 발을 담갔다. 스무 살 여름 우린 오랜만에 만났는데, 지원은 어린 여자의 들뜸이나 인생에 대한 낙관은 무엇인지 모른 채 불안한 기색으로 화장실만 들락거렸다. "나, 임신이야." 아, 벌써 두 번째다. 사실 카페에 앉아 있는 천연덕스러운 여자애들은 화장실에서 임신 여부를 확인하고, 병원비를 마련하고, 수술해줄 곳을 찾는 가운데 남자친구의 심기까지 살펴야 할 때가 있다. 그때 나는 얼마나 공감하는 말을 했던가, 친구의 경험을 어디까지 철저히 상상했던가, 기억이 잘 나지 않는다. 제이미슨은 이 책 첫 장에서 마지막까지 당신의 언어능력과 상상력을 측정한다. 이 책은 바로 당신이 자기 과거를 텍스트 읽듯 처음부터 끝까지 들여다보도록 요구한다.

　점수를 매기는 저자는 의대생이 환자가 상실한 바의 구체적인 지점을 캐내어 듣고 파악하면 그때마다 1점씩 준다. 공감은 "고난을 빛 속으로 끌어와 눈에 보이게 만드는 방법을 알아내는 것이다".

　일흔 살의 임찬기 씨는 비 오고 바람 부는 초겨울 어떤 연유로 서울역 앞에서 구걸을 하고 있는 걸까. 그는 열다섯 살 때부터 구두를 닦았지만 구두의 시절이 퇴색하자 직업인으로서 빛나던 그의 전성기도 저물었다. 사람은 시대가 바뀔 때 없어질 직업의 목록을 재빨리 알아차려야 한다. 그러지 못한 이들은 거리로 나왔다. 행인들에게 돈을 받는 깡통 옆에는 스티로폼 상자가 있고 과거 그의 경력을 입증하듯 안에 구두약과 걸레가 쟁여져 있다. 가족은 있는가? "정신착란을 앓는 아내가 한 명 있지요." 그녀의 발병은 결혼 전인가, 후인가? "사귀면서 이상한 낌새를 챘는데 그렇다고 버릴 순 없잖아요. 저는 그 전에 한 번 이혼했었고요." 첫 아내와는 얼마나 살았고 왜 헤어졌는가? "구두닦이로 활약하던 시절 서울역, 효창공원 앞, 은평구 도합 세 곳에 터를 잡고 똘마니들을 키웠죠. 그 동생들이 '형님, 고자 아닙니꺼? 왜 결혼도 안 하고 혼자 사능교?'라며 여자 하나를 데려와 결혼시켰는데, 얼굴이 너무 못생겨서 아버지가 며느리를 싫어했어요. 시아버지 모시고 11년 살다가 여자는 다른 남자에게로 마음을 옮겨 집을 나갔습니다." 아버지 외에 다른 가족은 없었나? "어머니는 내가 두 살 때 맹장염으로 죽고, 네 살 터울의 누나는 수양딸로 보내졌지요. 나는 아버지의 네 번째 아내 소생이라 어머니 돌아가시고 고아원에서 자랐어요." 구걸하며 사는 이의 역사를 거슬러 올라가니 시퀀스마다 커다란 사건들이 하나씩 배치되어 있고, 매 장면이 바뀔 때 그가 드러내는 감정은 예상치 못하게도 타인에 대한 연민이었다. "아버지가 불쌍했지요." "어머니 묏자리도 잘 못 찾아서 미안했어요." "아내는 내가 없으면 죽습니다." "노숙인들은 하나같이 착하고 성실하게 구걸합니다……."

레슬리 제이미슨은 임질을 앓는 늙은 여인의 연기를 하며 그녀 내면의 죄의식을 발견하는 가운데 여인의 어머니, 그리고 초경 시절까지 거슬러 올라가는 상상을 한다. 일종의 공감 여행이다. 존 버거의 『킹』을 읽으며, 몇 년 전 도쿄 여행에서 노숙인들을 주의 깊게 관찰하며 이들의 삶을 궁금해했던 차에 11월 어느 날 비 오고 쌀쌀한 날씨에 나는 그들과 대화하고 싶다는 욕망이 확 타올랐다. 이런 날씨라면 고난의 서사를 듣는 것이 제격일 듯싶어 거리로 나섰다. 인터뷰하며 임찬기 씨의 출생까지 거슬러 가는 데는 성공했으나 정작 내가 들은 이야기는 "피를 흘"리는 트라우마가 아니었다. 요즘 그는 아내에게 '노숙인 도우미'로 불리는데, 그만큼 노숙인 속으로 투과해 공감 여행을 하고 있는 듯하다. 그가 구걸하고 있는 곳은 목이 좋아 행인들이 인심을 후하게 베풀므로 오후 5시면 젊은 애에게 배턴터치해준다. 그 '젊은 애'는 올해 쉰 살로, 임찬기 씨에 따르면 "참 열심히 산다(구걸한다)". 나는 그에게 또 만나러 오겠다고 약속했지만, 이렇듯 타인의 이야기를 열망하며 '고통 투어'하듯 다니는 행위는 비난받을 만하다.

이 감정, 죄책감, 불편함은 저자가 책 속에서 내내 드러내는 감정이다. 제이미슨은 이 책에 「고통 투어 1」「고통 투어 2」라는 글을 실어, 타인들의 고통 속으로 여행했던 일을 되짚는다. 그녀 역시 다른 사람의 삶을 투어하고 나서 불편해했는데, 불편의 핵심은 그들의 삶에 나는 '부재'한다는 사실이다. 투어 혹은 인터뷰 후 선술집에서 콧노래를 부른다든가 찻집에 들어가 따뜻한 차를 한잔 마시는 등 "사정 거리를 벗어난 어딘가 먼 곳에 있다는 부재의 패턴". 모든 구경꾼의 죄책감은 그 중량이 비슷할 것이다. 고통받는 이들 곁에 얼마나 오래 머무르며 버티느냐가 불편감을 덜어내는 한 방법이다. 불편감은 망각과 같은 방법으로 해소되어서는 안 되며, 그 고통이 자신의 몸속으로 스며들 때까지 버텨야 한다. 즉 그것이 자신의 언어가 될 때까지. '부재'는 죄책감의 근원이니 사는 동안 너무 많은 곳에서 자신의 부재를 드러내서는 안 된다. 고통의 현장에서 가능한 한 현재의 페이지에 오래 머물러 있고, 섣불리 삶의 페이지를 다음 장으로 넘기지 마라. 느린 속도가 관건이다.

공감에서 고개를 "끄덕임은 불가지론과 연민을 동시에 담을 수 있다"며 저자는 동의의 끄덕임을 높이 산다. 난 '그렇구나'라고 말해주는 그 억양도 끄덕임만큼 호소력 있다고 생각한다. 이웃에 사는 하영애 아주머니는 길게 늘이는 추임새가 특징이다. "응―" 하는 말투로 그녀는 이야기를 꺼내는 사람 속으로 완전히 들어간다. 순간 그녀가 나를 이해하고 있구나 하고 느끼게 된다. 이내 그녀는 자신의 안된 사례를 꺼낸다. "내 남편이 말이야…… 그니까 숙은 남편…… 맨날 술을 좋아하더니…… 그렇게 가버렸지." 그녀는 남편이 살아 있는 것처럼 말하다가, 상대에게 사실을 상기시키고, 그러다가 죽은 남편이 그리워진 것인지 아니면 무덤덤해진 것인지 마지막 말을 나직이 덧붙인다. '그렇게 가버렸지.' 그녀는 작은 체구로 동네 여러 집을 들르곤

했다. 혼자 사는 팔십대 할머니가 한번 올 수 있냐고 무심히 말했는데 두 번씩이나 찾아갔다가 할머니가 집을 비워 헛걸음을 했다. 그 헛걸음은 성취한 바가 없지만 그런 걸음은 온기가 있다. 누군가 코로나19 후유증으로 힘들어하자 그녀는 후유증의 사례들을 총동원해 들려주며 그 아픔에 함께하고, 동네 사람이 비질을 하면 따라서 비질을 하고, 도토리를 주우면 따라서 도토리를 주워 담아준다. 신생아 돌보는 것이 직업인 그녀는 얼마나 많은 아기에게 자기 품을 내어주고 있을까. 그녀의 공감에는 품위가 깃들어 있다.

공감 능력은 어쩌면 '감상성'이 풍부한 이들이 더 많이 지녔을지 모른다. "그들은 너무 많이 느끼"고 감정으로 숨이 막히기 때문이다. 하지만 사람들은 이런 '감정의 사치'를 경계하고 비판한다. 저자는 묻는다. 감정이 어느 정도 양에 이르면 감상적인 것이냐고. 몇 해 전 지인 두 사람과 함께 있는데, '그림방'에서 같이 그림 그리는 둘은 끊임없이 다른 멤버들 이야기를 했다. A의 그림을 보면 그 사람의 내면은 이런 경로를 거쳐 온 것 같고, B의 그림에서 드러나는 성격은 어릴 적 경험에서 비롯된 것 같고, C가 그렇게 감성이 풍부한 사람이 될 수 있었던 것은 어떤 연유에서고, D의 그림을 보면 마음의 결핍이 있는 것 같은데 많이 치유된 것 같고……. 나는 우리가 만나서 사회를, 더 넓게는 세계를 보고 그에 관해 이야기했으면 싶었지만 두 사람은 상대의 작은 마음, 그것도 주로 감정만 들여다보고 있었다. 그때 나는 그 대화법이 지나치게 감상적이라 여겼지만, 이후

두 사람의 감상성과 공감 능력이 얼마나 많은 변화를 일궈 내는가를 목격하면서 이제는 그런 언어에 수긍이 된다. 이전에 나는 이성적 회로를 거치지 않고 감정으로 최종 결론을 내리는 방식을 몹시 싫어했고, 늘 스스로가 감정 과잉은 아닌지 점검하는 버릇이 있었다. 하지만 저자가 '반-감상성'을 비판하는 문장은 날카롭다. "반-감상성의 입장이란 여전히 정체성 승인의 한 양식, 흐르는 눈물이 아닌 날아가는 화살, 여전히 인지능력을 강조하는 하나의 방법이며, 공감보다는 통찰을 주장한다. 그것은 일축의 방식에 의한 독선이다. 일종의 자위행위 같은 이중부정이다." 공감이 발휘되어야 할 때 인지기능, 통찰과 같은 단어를 강조하는 것은 공감의 끝없는 지연을 불러올 것이다. 고통을 입은 자는 그 지연 속에서 불씨를 꺼뜨릴지도 모른다.

이 책은 매 편 공감 연습의 지난날을 복기하면서 나날이 향상되는 공감 기술을 뛰어난 문학적 표현으로 담아낸다. 그중 반복해서 나오는 매력적인 표현은 '도덕의 솔기'다. 타인의 고통을 목격하는 우리는 윤리적 명령을 계속 상기해야 하는데, 저자는 그럴 때마다 기억을 뒤지며 "이음매가 드러난 도덕의 솔기"를 찾는다. 다시 말해 도덕을 꿰매 붙인 자리! 그 도덕은 어디로 갔는가. 우리가 잠깐 부재하는 사이 도덕은 자취를 감춘다. 마치 한 번도 그 자리에 있지 않았던 것처럼. 그리고 우리는 고통당한 누군가가 다른 삶을 살 수도 있었으리라는, 즉 여백을 상상하는 데 어려움을 겪는다. 예전에 난 같은 경험을 한 사람만큼 더 강한 공감 능력을 지닌 이는 없을 것이라고 생각했다. 하지만 공감은 상대의 감정을 들여다보고 그것을 햇볕에 명징한 언어로 드러내는 것이며, '예'라고 고개를 끄덕여주는 행위다. 저자는 공감하기로 '선택'하거나 '노력'하면 된다고 독자에게 종용한다. 당신이 "한밤중에 일어나 가방을 꾸려 우리 최악의 자아를 떠나 더 나은 자아를 찾아갈 것을 믿는다"고 말하면서.

자아를 치유하는
형식 되찾기

한병철, 『리추얼의 종말』

언제부터인가 겹을 하나 지닌 사람들이 좋아졌다. 막이라고 해야 할까. 적나라하고 즉각적인 사회에서 서로를 침범하지 않고 진심을 내보이려면 점점 형식이 중요해질 수밖에 없다. 몇 년 전 한 어른과 여럿이 모인 자리에서 한 선배는 술기운을 빌려 거친 말들로 어른을 면전에서 비판했다. 그 내용에 동조를 하든 안 하든 상관없이 우리는 그가 취한 형식에 뜨악해 어쩔 줄 몰라 했다. 거기에 부드러운 살은 없었고 뼈만 있었는데, 그 뼈는 어른만이 아니라 우리 뺨을 때린 듯 일행은 조용히 모욕감을 느꼈다. 나는 그 후로 내용과 상관없이 직접적인 말과 행동이 인간 사회에 얼마나 어울리지 않는지 점점 느껴왔다.

서양인은 물론이고 한국인도 종종 일본인을 동경해 마지않는 이유는 그들이 길을 에둘러갈 줄 알기 때문이다 (물론 이것은 사회적으로 폐단을 낳기도 하며, 일본인의 이런 점을 싫어하는 외국인도 제법 있다). 일본을 통찰하는 서양

4 나 자신에게서 멀어지기

인 중 한 명인 도널드 리치에 따르면 "윤리라는 것은 즉흥성에 의해 훼손되기 마련이다".[✕] 역사가 근대로 접어들면서 생애에서 중요한 예식들은 허례허식이라 불리고 비용과 시간을 따져 하는 일이 되었다. 외부 문명의 영향을 별로 받지 않은 말레이제도나 인도네시아의 소수민족들조차 오랜 역사를 이어온 장례식 절차에 들어갈 물질과 시간을 아까워하며 망자를 서둘러 떠나보내기 시작했다. 유령도 저세상 가는 길을 재촉해야 하고, 이 땅에 태어나는 신생아도 산모의 스케줄에 맞춰 나와야 하는 것이 오늘날의 사회다.

한병철의 『리추얼의 종말』은 예가 밴 몸가짐을 갖고 싶어 하는 독자에게 '리추얼'의 서사적 과정을 복원시켜준다. 알다시피 리추얼은 '형식'이다. 그런데 그 형식이 타자를 내 집 안에 들이도록 만드는 가장 핵심적인 방법이다. 인간 삶의 단계에서 중요한 통과의례들이 있지만, 이 책은 특히 죽음의 의식에도 중요한 장을 할애한다.

나와 가까운 어른 한 분은 얼마 전 모친상을 당했다. 우리 일행은 장례식장을 다녀온 뒤에도 그 어른이 많이 힘들어하지 않을까 마음이 몹시 쓰였다. 그럴 수밖에 없었던 것이 그는 코로나19에 감염되어 빈소를 지키지 못했고, 그래서 단체 채팅방에서만 이야기를 주고받았기 때문이다. 얼마 후 우리는 한자리에 모여 그를 위로한답시고 전화를 걸었는데, 위로하기는커녕 한 명씩 돌아가며 나눈 통화 속

✕　　도널드 리치, 『도널드 리치의 일본 미학』.

에서 예기치 못한 부드러움과 위로를 거꾸로 전해 받았다. "장례에서의 슬픔은 객관적 느낌, 공동 느낌이다. (…) 장례에서 슬픔의 진짜 주체는 공동체다." 우리 일행이 공동체라고 할 수는 없더라도 서로 감정을 공유하면서 그것을 사적으로만 남겨두지 않아 참 다행이다. 한병철이 말하듯 "장례식은 니스 칠처럼 피부 위에 덮여 사랑하는 사람의 죽음 앞에서 피부가 참혹한 슬픔의 화상을 입지 않게 보호해준다".

태양이 물러나면 밤에 우리 영혼은 낮고 어두운 것에 눈길을 주게 되는 것인지 죽음에 대해 더 허용적으로 바뀐다. 그리하여 밤중에 문득 깰 때 아니면 꿈속에서 죽은 이들을 더 잘 떠올리거나 만나게 된다. 근래에 내 지인 중에 저세상에 간 사람이 없다 하더라도 일간지 부고 기사에서 본 인물 혹은 내 지인의 가족이 잘 갔으려나 하고 마음속에 떠올린다. 얼마 전에는 새벽에 문득 깨어 몇 년 전 미술관에서 잠깐 스쳤던 고ᄴ 공성훈 작가를 떠올렸다. 이처럼 슬픈 충격은 몇 단계 건너온 것임에도 불구하고 그 강도가 세다.

한편 리추얼은 종교의식에서 흔히 관찰된다. 어린 시절 안식일이라 해서 매주 일요일 하루를 교회에서 보냈던 나는 뭘 잘 모르긴 해도 성경에서 접한 유대인들의 예식은 조금 알았던 것인지, 그때 다녔던 개척교회의 간소화되고 효율적으로 진행되는 예배가 의아하게 여겨졌다. 당시 한국 교회들은 낮 예배를 드리고 저녁 예배를 드리는 방식을 택하고 있었는데, 우리는 오전 예배를 드리고 다 같이 밥을 먹은 뒤 곧바로 오후 예배를 드렸다. 아마도 집에 갔다가 다시 오는 것이 시간 낭비일 뿐 아니라 저녁 여유 시간을 앗아가니 어른들이 그런 결정을 내렸던 듯하다. 하지만 어린 내게는 오후 예배를 '해치우는' 느낌이 들었고, 무엇보다 점심을 먹기 위해 설교가 끝날 즈음 식사 담당 집사님이 일어나 기도 중에 가스레인지 불을 켜고 그릇을 달그락거리며 그날 메뉴인 국 냄새를 풍기는 것이 불경하게 느껴졌다. 예배 공동체는 식사를 함께 나누는 것이 중요하다는 사실을 알긴 하나, 음식 냄새는 기도에 집중하는 것을 방해할 뿐 아니라 머릿속으로 회개와 다짐을 하기보다 침을 꿀꺽 삼키게 만들었기 때문이다. 이는 조상 제사를 드릴 때도 마찬가지여서, 내일의 노동을 위해 휴식을 취하고 잠을 자야 하는 현대인에게 제사 시간은 자정에서 퇴근 후로 앞당겨졌으며, 날짜도 편의대로 조정된다. 하지만 예식에 가속을 허용하는 것이 쉽게 생각할 일만은 아닐 것이다.

철학자 김영민도 '형식'의 중요성을 강조한 바 있다. 그는 수십 년 동안 철학자로서 공부하고 글을 써왔지만, 어느 날 글쓰기를 멈춘 채 4년간 오로지 읽고 공부하는 데에만 시간을 들였다. 그렇게 해서 나온 책이 바로『집중과 영혼』인데, 이 책 내용이『리추얼의 종말』과 통하는 부분이 있으니 한병철식으로 제목을 바꿔 말하자면 '주의력과 종교'다. 한병철은 "모든 종교적 실천은 주의력 훈련"이라면서, 이런 것이 사라진 오늘날 가장 흔히 관찰되는 질병은 바로 주의력결핍장애라고 본다. 즉 현대인은 무언가 맺고 끊음이 없이 삶을 물 흐르듯 연쇄적 습관 상태에 둠으로써 "연쇄적 지각의 병적인 극단화"가 나타난 이 질병을 앓게 된 것이다. 이런 때일수록 정신과적 질병을 치유하고자 '자기 마음'을 들여다보는 일은 되도록 피하는 것이 좋다. 오히려 외적 형식을 취해보자. "외적 형식이 내적 변화를 가져"오기 때문이다. '진정성'이란 말은 꺼내지 않고 중심이 텅 빈 형식의 극진함을 추구하는 일본의 다도나 심지어 일본인의 청소하는 자세를 외국인들은 눈여겨봐왔다. 몸짓을 하다 보면 조금씩 감정이 생긴다. 한병철은 상냥하거나 호의적인 몸짓을 흉내만 내도 기분이 좋아지고 복통이 완화된다고 말하지만, 한편 이러한 '모방'이 미메시스에 이를 수 있는지는 좀 더 논의해볼 필요가 있다(크리스토프 불프와 군터 게바우어는 『미메시스』라는 책에서 모방에 그친다면 그것은 '주체' 구성을 이뤄내는 미메시스가 아니라 단지 흉내라고 말한다).

어쨌든 한병철의 책은 자아에 갇히지 않는 방법을 알려주고, 그것은 꽤 큰 치유 효과를 발휘한다. 심리 치유라기보다 존재론적 치유다. 형식을 되찾아 타인을 자기 집 안에 들일 때 자기 관련성의 대표적 질병인 우울증은 사라지고 우리는 장소적 존재로서 빛을 담을 수 있다고 말하면서.

자기 자신에서 가장 멀어지고
타자화되는 질병

앤 보이어, 『언다잉』

　"모든 가능성은 어느 가능성의 끝에 도달하고자 자기 자신을 소진하는 각 개인의 능력에 좌우될 것이다." 그리고 우리는 이 능력을 입증하려고, 다시 말해 '자기 자신'이 되려고 육체와 정신을 갈아 넣다가 다음과 같은 증상을 겪기도 한다.

　온몸에 두드러기가 일어난 지 6개월. 항히스타민제를 복용하지 않으면 몸 여기저기를 긁느라 손은 책장을 넘길 수도, 글을 쓸 수도 없다. 두드러기가 시작된 것은 왼쪽 눈두덩이였다. 병원에서는 '비만세포'가 생긴 것 같고 그 원인은 알 수 없으며 1년 뒤면 증상의 30퍼센트, 3년 뒤면 대부분이 사라질 테니 그동안 약을 먹으라고 했다. 그에 앞서 감기에 걸렸다. 열흘 뒤 감기는 나았지만, 1년 8개월 정도 기침은 계속되었다. 폐가 약해진 나는 기침 증상으로 비호감의 낙인이 찍힐까 봐 사람들을 만날 때마다 위축됐다. 더구나 구강점막염이 수시로 생겨 온종일 신경을 건드렸다. 스트레스, 신체의 피로, 면역장애와 위장 장애가 그 원인인 듯했다. 여러 가지 증상이 한꺼번에 나타나자 저쪽 세월에서 이쪽 세월로 건너온 느낌이 들었다. 저쪽은 내 세상이 아니고 청년들의 것이다. 중년은 이처럼 일시에 급습한다.

위에 열거한 증상은 나의 것이지만, 아직 암을 겪지 않은 이로서 앤 보이어의 유방암 투병기 『언다잉』을 읽자 내 증상의 나열이 낯 뜨겁다. 용감한 여성들이 폭발적으로 늘고 있는 요즘 시대에 책을 만들거나 읽는 행위는 더 세고 더 자극적인 경험을 목격하는 것과 동의어다. 근래 내가 편집하고 있는 책이 일반 성폭력이 아닌 '친족 성폭력'이듯이. 친족 성폭력은 피해자가 태어난 이유를 기반부터 뒤흔드는 가장 강력한 지진이다.

『언다잉』은 300쪽 남짓한 분량을 고통에 대한 사유로 채운다. 고통은 뭐 하나 좋을 것이 없지만, 글을 쓰게 만든다는 점에서 유일하게 좋다. 잔인하게 말하자면, 그래서 겪을 만하다. 이 책은 암을 앓지 않은 사람이라면 의자에 앉아 편하게 읽는 것이 죄책감이 들 만큼 새까만 먹구름, 감당할 수 없는 폭풍, 완벽한 인생의 실패를 예고한다. 삶보다 죽음에 훨씬 더 가까이 있고, 죽음에 근접한다.

투병에 관한 다른 에세이들과 구분되는 탁월한 점은 질병을 젠더적, 계급적, 인종적 관점에서 사유하는 것이다. 이 책은 누구나 투병기를 펴내는 요즘 시대에 다수의 작가처럼 소란스러운 방식으로 이야기하지 않으려고 노력

4 나 자신에게서 멀어지기

한다. 편집자인 나는 암 생존기, 우울증과 동거하기 등의 에세이 투고를 자주 받는다. 한 사람이 죽음의 문턱에 이른 경험을 담았기에 절박하지만 여지없이 거절할 때가 많다. 이런 행위는 잔인하다고 비판받을까? 그럴 수 있지만 죽는 순간에조차 자기 자신보다는 타인과 세상을 보는 시선을 편집자와 독자는 원한다.

앤 보이어는 투병 중인 자신을 단어와 문장으로 변환한다. 구글에 그녀 이름을 입력하면 암을 앓기 전 건강한 모습이 나오지만 그것은 문장으로 표현되기 전 그녀의 생이다. 독자인 나는 그 삶에 대해서는 알 방법이 없다. 투병 중이지만 그녀는 여전히 먹고살 걱정을 하는 자본주의사회의 노동자, 죽기도 전에 온갖 죽음을 먼저 겪게 하는 황폐한 젠더적 질병의 한 사례로서 입을 여는 사람이다. 보이어는 유방암과 자기 자신을 하나의 고리로 엮으면서 '감정'보다는 '인식'의 영역에 진입하려고 계속 시도한다. 그것이 적잖이 이해되는데, 병에 걸린 사람은 병에 걸린 이유의 오리무중부터 환자를 언제든 속여먹을 수 있는 병원의 불완전함, 죽음의 불투명함 등에 둘러싸여 있기에 슬픔에 겨워하기보다는 인식의 투명성에 다다르기를 원하기 때문이다. 알다시피 우리는 이유도 모르는 채 죽는 것을 가장 억울해하고, 그래서 귀신이 되어 이 땅을 떠나지 못하기도 하지 않던가.

고대 소아시아 태생인 그리스의 웅변가 아일리우스 아리스티데스는 이 책의 처음부터 등장해 마지막까지 보이어와 여정을 함께하는 인물이다. 그는 스물여섯 살에 병에 걸려 치료의 신인 아스클레피오스의 신전에 머물면서 신이 내려주는 꿈들에 관해 기록한다. 이것은 무엇을 말하는가. 온갖 수를 써도 원인을 알 수 없는 암을 앓게 된 보이어가 인지적 무능함을 극복해보려고 투병의 와중에 고대 시기까지 거슬러 갔음을 뜻한다. 아리스티데스가 몸의 무능을 겪으며 하락의 길을 걷는 와중에도 적고 가르치고 말했듯이, 보이어도 항암 치료를 받는 와중에 휠체어를 끌고 학교로 가 학생들을 가르치고 기록한다.

보이어는 살아남는 일에 게으름을 피우지 않음과 동시에, 병원과 사회에서 요구하는 환자의 신자유주의적 자기 관리에 대해서는 끊임없는 거부 행위를 한다. 이 책은 죽음에 관한 몇몇 책이 그러하듯이 윤리적 수행을 철저하게 해낸다. "죽음에 관한 글쓰기는 만인에 관한 글쓰기"이기 때문이다. 즉 죽음에 근접한 이는 타자가 되고, 타자가 되면 세상의 고통에 반대할 수 있다. 또한 질병을 앓는다는 것은 이전의 자기 자신에게서 가장 멀어지는 행위, 더 이상 자신일 수 없는 경험이다.

앤 보이어는 암을 겪는 자신의 상황을 관찰하면서 불평등과 빈곤을 말한다. 하지만 그런 와중에도 민주적인 것은 있으니, 바로 암 자체. 암은 모든 환자의 외모를 민주화한다. 다들 대머리이고, 안색이 하나같이 피폐하며, 스테로이드 부작용으로 얼굴은 부어 있다. 죽음 자체가 평등의 성질을 드러내듯, 암도 그러한 것이다. 하지만 이것은 역설일 뿐, 투병 과정이 자기 계급의 위치를 드러내는 연속임을 독자들은 다 알 것이다.

　　그녀는 항암 치료로 인해 점점 인지력을 상실하고 심장병까지 앓게 되었다. 항암화학요법은 뇌 손상을 누적시키기 때문이다. 이렇게 기억을 계속 잃는다면 이제 그녀는 자기 삶으로부터 소외되는 단계만 남은 걸까? 오늘도 "과로에 도취해 있"는 나는 두려움을 느끼며 책장을 덮는다.

5

늙어간다

"늙어서 젊은 시절에는 가장 경멸했을 모습이 되는 것이
 우리의 운명이다."

줄리언 반스, 『시대의 소음』

당신도 나도 바스러진다

디노 부차티, 『타타르인의 사막』

후회라는 단어를 웬만해서는 발설하지 않는다. 머릿속 검열은 더 엄격해, 나 자신에게 실망하지 않으려고 '괜히' '다시는'이라는 감정이 떠오르기도 전에 물리친다. 이들이 미련 많고 우유부단한 사람에게 속한 감정이라 여기며, 애인과 헤어질 때마저 그 뒷모습을 쳐다보지 않았던 나는 확신 있는 삶이 좋은 것인 줄로만 알았다.

장교로 임명된 조반니 드로고도 군인을 평생 업으로 삼을 만큼 자기 확신이 뚜렷한 부류에 속한다. 십대나 이십대에 삶의 구획을 분명히 해두는 이들은 누구보다 강건한 육체를 타고나 있는 그대로의 세계에 의심을 품지 않으며, 드로고처럼 위계가 지배하는 조직에 평생 몸담을 것을 다짐하기도 한다. 이들에게 삶은 시계처럼 정확히 흘러가고, 지위와 명예와 여자는 저절로 주어질 것이다.

요새로 첫 발령을 받으며 드로고는 멋진 군인이 되리라는 기대감으로 길을 떠난다. 문제는 요새가 사막 한가운데에 있다는 점이다. 오로지 몸을 쓰고 단련해야 할 군인에게 모래만 있는 삭막한 풍경은 온갖 사념을 안기기 시작한다. 도시 사람들이 신상품과 돈벌이, 술과 여흥거리에 둘러싸여 오히려 생각할 시간이 없다면, 자기 생각 없이 조직에 충성해야 하는 군인들은 단조로운 환경 탓에 누구보다 생각이 많아진다. 이들은 곧 몇몇 좁은 감정에만 갇혀 이를 증폭시키는 방향으로 삶을 전개한다.

디노 부차티의 『타타르인의 사막』을 읽는 독자는 누구나 느끼게 될 것이다. 아무 일 일어나지 않는 삶은 인간 내면을 얼마나 협소하게 만들고 또 습성에 지배되도록 내버려두는가를. 장소는 그 사람의 삶을 구성한다. "여포의 창날은 적들 사이를 종횡해야"* 하건만, 사막 한복판에 있는 요새는 외부에 대항할 적이 없어 어떤 무공武功도 이루지 못할 거라는 초조감이 내면을 극단으로 지배하는 곳이다. "우리의 주된 적은 가시와 모기입니다."** 제1차 세계대전 때 독일군과의 대치 속에서 영국군 찰스 솔리는 이렇게 말했다. 세계대전 속에서도 어떤 전선들은 고요만이 지배했고, 병사들은 주로 날씨와 싸움을 벌였다. 드로고가 속한 군대도 외부의 결여로 화살을 안으로 돌려 그들 각자는 서로에 대한 질투심과 분노의 화신이 된다.

"앙구스티나, 저 저주받은 속물은 도대체 왜 지금도

×   김영민, 『적은 생활, 작은 철학, 낮은 공부』.
××   모드리스 엑스타인스, 『봄의 제전』.

여전히 미소를 짓고 있는가?" "왜 모든 것이 앙구스티나에게 돌아가고 그에게는 아무것도 없는가?" 어느 날 적이 침투할 기미가 보여 부대원들은 수비를 위해 이동 중이었는데, 행군 중 앙구스티나가 사망하자 그 죽음이 명예롭게 기려질까 봐 겁먹은 동료들은 시기와 원망에 휩싸인다. 다른 군인들이 모두 등산화를 신을 때 앙구스티나는 쿠션 기능 없는 군화를 신고 돌부리가 있는 산을 올라갈 정도로 강인한 인물이었기에 그의 상관조차 '어디 된통 당해보라고' 하면서 속으로 저주를 퍼붓는다.

드로고는 30년 넘게 이 사막에 있게 될 것이다. 매일 타타르인들이 침략해 올지 모른다는 기대감을 갖지만 그만큼 좌절도 반복된다. 다행히 상관들과 달리 드로고는 아직 젊다. 젊음은 확신과 동의어로, 젊은이에게는 "바닥이 드러날 리 만무한 기나긴 시절"과 체력이 있다. 드로고는 반드시 무공을 세우리라 확신하면서 의욕 없어 하는 나이 든 상관들을 못마땅하게 여기며 저렇게 되지는 않으리라, 절정 없는 삶은 얼마나 무료한가, 라고 생각한다.

하지만 사막의 바람이 모래를 쓸어가 다른 곳에 언덕을 형성하듯이, 세월도 시간을 쓸어가 점점 죽음 편에 갖다놓는다. 반대편 언덕이 봉분처럼 높아지자 드로고는 어느 날 갑자기 자각한다. 젊었을 때 난 계단을 두 개씩 뛰어 올라갔는데 어느 날부터 하나씩 오르고 있어, 그때부터 무너지기 시작한 거야, 라고. 확신 넘쳤던 드로고는 점점 체념의 화신이 되어간다. 노인들이 떨면서 체념하지 않으려고 울며 발버둥 치는 것처럼 드로고 역시 힘껏 발버둥 치면서.

내 지인 상민 씨는 일이 삶에서 가장 중요한 의미를 점하는 삼십대에서 사십대까지 오로지 일만 했다. 한때 인간관계를 보석처럼 여겨 돈과 시간을 친구들에게 거의 다 쏟아부었던 그는 이제 일에 모든 것을 걸었다. 밤낮없이, 주말 없이, 가족 없이 일만 한 그는 우리 출판사 거래처 사람으로, 시계처럼 또각또각 쉼 없는 그의 생활 패턴은 급한 일감을 맡기는 의뢰인에게는 더없이 좋았다. 그는 누구보다 충실한 파트너였지만, 그와 교분을 갖게 되면서 어쩐지 걱정되었다. 일과 돈이 자기 삶을 견고하게 지탱해줄 거라는 확신이 강했던 그는 최근 든 보험 이야기, 혹은 서울에 사둔 주택을 화젯거리로 입에 올렸지만 나는 무채색처럼 흘러가는 그의 시간이 좀 염려됐다.

그렇게 생각할 수밖에 없었던 이유는 정말 좋아했던 두 가지를 그는 20년 뒤로 미룬 채 하지 않았기 때문이다. 그는 특정 장르의 도서들 그리고 오토바이를 타고 전국을 누비는 것을 좋아했다. 하지만 책은 사서 모아만 두었고 오토바이는 주차장에 세워만 두었다. 그는 조반니처럼 시간을 알지 못했고, 세월이 그의 다리를 무릎 꿇리며 시력뿐 아니라 의욕조차 앗아갈 거라고는 생각하지 않는 듯했다. 모아둔 돈과 책, 오토바이로 현재를 담보 삼아 밤새 밀려오는 일의 중압감들을 버텨나갔다. 사실 그런 모습 속에서 때로는 나 자신을 보는 것 같았다.

나 역시 일에 파묻혀 좋은 시절을 흘려보냈고, 늘 압박감 속에서 시간을 쪼개 썼다. 그러다 보니 쌀쌀맞아진 마음이 말투로 이어지기도 했다. 나는 상민 씨가 자신의 어머니와 통화하는 것을 들었다. "상관하지 말라고!" 그때 그의 목소리에도 짜증이 묻어 있었다. 드로고 역시 얼굴에 겨우 미소 짓는 척만 할 뿐, 휴가를 내 돌아간 집과 어머니를 불편하게 여기며 요새로 돌아올 생각만 한다. 어머니는 하고 싶은 말을 꾹 삼킨 채 아들의 심기를 건드리지 않는 데 온통 에너지를 쏟는다.

건강한 육체의 소유자들은 시간의 속임수에 쉽게 걸려 넘어지며, 자기 확신 속에 가장 중요한 시기들을 흘려보낸다. 그 시기에 자신이 애초 목표로 삼았던 명예, 부, 권력이 주어진다면 다행이지만 대체로는 셋 중 하나 혹은 아무것도 갖지 못한 채, 내 삶에 최고점이 있었나 인식도 못 한 채 내리막을 걷게 된다. 드로고는 부대를 불명예스럽게 나와 여관방에서 죽음을 맞이한다. 시간 속에서 확신은 바스러지고, 몸은 가루가 되며, 젊었던 정신은 온데간데없어진다. 그렇다면 젊음을 확신하며 좋아했던 우리에게는 어떤 죽음이 주어질까.

더 이상 젊지 않은
사람들을 위한 책

장 아메리, 『늙어감에 대하여』

오스트리아 작가 장 아메리는 '자유죽음(이른바 자살)'을 주장하고 실천한 사람이다. 그는 『늙어감에 대하여』라는 책으로 노인이 되는 과정을 처절하게 경험·관찰한 뒤 세상에 스스로 작별을 고했다. 이 책은 삶과 단짝인 죽음을 고찰하는 한편, 무無에 다다르기 전 서서히 와해되는 인간의 늙음을 탐구한다는 점에서 공감을 불러일으킬 만한 내용이다.

연인을 사귈 때면 늘 헤어질 것을 먼저 상상했던 이십대의 나는 사십대가 되자 아직 오지도 않은 노년을 상상하며 겁을 집어먹곤 한다. 미래는 절반이 기대로 차 있지만, 나머지 절반은 부정적인 이미지로 무겁게 짓눌러온다. 언젠가 미래학자 박성원이 내민 '미래를 비관적으로 보는가, 낙관적으로 보는가'를 체크하는 설문조사에 응했던 나는 결과가 '낙관'으로 나왔건만 이제 점점 그 반대편의 정서도 체득하고 있다.

아메리는 '늙음'에 대한 통찰을 제시하지만, 늙어가는 독자를 어루만져주진 않는다. 독자가 불안해 책을 덮고 서성이게 할 만큼 두려움을 각인시킨다. 이 책을 끝까지 읽을 수 있을까? 독서하는 내내 이 물음이 머릿속을 떠나지 않았다. 아메리는 A라는 인물을 설정해 모든 늙음의 증상이 그를 통과하도록 한다. 독자로서 A는 저자인 아메리처럼 느껴졌지만 읽을수록 점점 나 같다. 사십대 중반의 나에게도 이미 쌓인 시간이 많은데, 그것은 내 생기를 바닥내면서 두께를 불려왔다. 이 책은 나처럼 더 이상 젊지 않은 사람이 제 몸과 정신을 들여다보게 만드는 한편, 우리가 마지막 순간을 목격하거나 임종에 관해 들었던 고인들을 떠올리게 한다.

많은 소설은 인물을 등장시킬 때 먼저 외모를 언급한다. 가장 많이 묘사되는 유형은 뚱뚱한 사람과 늙은이로, 둘은 부정적인 뉘앙스의 외형을 자주 맡는다[예컨대 넬라 라슨의 『패싱』에서 "아이린은 거트루드가 정육점 주인의 아내처럼 보인다고 생각했다. 뚱뚱한 축에 들 만큼 몸집이 크고 (…) 굵은 다리가 꼴사납게 드러났다"라는 구절이 나온다]. "거울에 비친 내 모습을 증오한다. 눈 위로는 마치 모자처럼 생긴 게 머리라고 걸려 있으며, 눈 아래로 보이는 넙데데한 얼굴은 무슨 가방인 것만 같다." 노인이 돼서 가장 이질적으로 느껴지는 것은 자기 얼굴이다. 우리는 자신의 얼굴이 예전만 못하다는 것을 사실 마흔 즈음부터 겪는다. "저기 시간 있으세…… 아, 아닙니다." 나는 지난 2년 사이

길을 걷다가 뒤에서 누가 다가오기에 돌아보던 중 이 말을 두 번이나 들었어요.[*] 청춘의 끝물을 넘어 이도 저도 아닌 애매한 나이대에 위치한 사람은 자신의 외양이 어떻게 생겼는지와 관계없이 전적으로 젊은이들의 '외부 세계'에 놓인다(나 자신은 아직 인생의 늦여름에 있다 생각하지만, 마흔여섯이 된 『오버스토리』의 한 주인공 패트리샤 웨스터퍼드는 자신이 "가을에 한참 접어들"었고 "모든 꽃은 오래전에 빛이 바랬다"고 말했으며, 작가 비비언 고닉의 어머니도 딱 이 나이대에 과부가 됐다). "세계로부터 추방당한 얼굴"은 노인들의 전유물이다. 호르몬 변화 때문인지 성별마저 희미해져 우리는 할머니들 얼굴을 보면서 남자처럼 생겼다고 생각하거나, 할아버지들 얼굴을 보면서 여자처럼 생겼다고 생각하지 않던가. 만약 그런 노인이 자신을 연민하며 거울을 더 자주 들여다본다면 그는 나르시시즘에 빠진 것일지 모른다. 특히 이는 멜랑콜리를 동반한다는 점에서 자기소외적 나르시시즘이라 할 수 있다.

　　노년을 맞는 속도가 불평등과 관계있다는 사실은 누구나 알 것이다. 아메리는 그중에서도 "모든 환상을 깨끗이 잃어버린 '낙오자'", 즉 실패자에게 시간이 가장 빨리 흐른다고 말한다. 낙오자는 자기 자신만의 좌절이 아니라 어쩌면 "세상의 좌절"이다. 체념하는 사람에게 노년이 빨리

---

[*]　그중 한 사람은 "결혼하셨겠네요"라고 했고, 다른 한 사람은 "회사 대표님 같네요"라는 엉뚱한 말로 상황을 수습했다.

찾아온다는 것을 나는 『문 뒤에서 울고 있는 나에게』를 쓴 김미희 작가의 아버지 사연을 통해서 알게 되었다. '나는 내 아버지처럼 마흔다섯에 죽을 거야.' 이건 아내에게 생계를 전적으로 의존한 작가의 아버지가 알코올중독을 앓으며 반복해서 한 말이다. 어린 시절 넓은 집에 살고 유복했던 과거가 그로 하여금 허영심을 좇게 했던 것일까. 그는 가문의 영광스러운 지난날들을 되새기며 풀리지 않는 일을 잘 해결해보려 했지만 술독에 빠졌고, 그리하여 마흔다섯에 세계로부터의 이탈을 겪었다. 낙오자들은 타인이 자신을 실패자로 여길 것을 미리 내면화해 가속도가 붙어 빨리 추락한다. 수년 전 몽골 여행에서 만난 나와 동갑내기의 가이드는 함께한 일주일 동안 보드카를 죽도록 들이켰다. 몽골인의 기대수명은 한국인보다 열세 살쯤 적다고 알려져 있는데, 그는 자기 윗대처럼 예순이 안 된 나이에 자신도 죽을 거라며 술 마시기를 멈추지 않았다.

장 아메리는 과학적인 연구를 하는 학자는 아니고 저널리즘적 글을 쓰지만, 연구자들을 능가하는 비범함을 곳곳에서 보인다. 노년에 대한 그의 가장 빛나는 통찰은 노인들이 자기 삶을 '시간'으로 인식하며, '공간(세계)'으로부터 버림받는다는 것을 간파한 데 있다. 노인이 되면 여생을 시간으로만 받아들일 뿐 세계에 편입되어 자신이 뭔가를 이룰 수 있다는 생각은 점점 하지 않는다. 노인들은 세상이 원하는 성과를 낼 수 없기 때문에 "조촐한 공간으로 만족" 하게 된다. 그들은 류머티즘을 앓아 산에도 못 올라가고 심장에 무리가 갈까 봐 차가운 바닷물에도 못 들어간다. 그리고 종국에는 자기 공간에서도 들어내진다. 시체가 된 채로.

집 주변이 개발로 몸살을 앓아 지긋지긋해진 나는 요즘 새로 살 집을 구하러 다니는 중이다. 내게 집은 인생 말년에 죽음을 맞는 곳이라기보다 산 사람들을 위한 활기 찬 공간이라는 인식이 강하다. 내게 생기를 불어넣어줄 집을 구하러 다니면서 의도치 않게 각 집안의 사정을 들여다보게 되었다. 그중 첫 번째 주택은 새 집으로 화려하게 꾸며놓았는데, 그 세세한 손길을 주었던 여주인은 집을 짓고 얼마 지나지 않아 세상을 등졌다고 한다. 나는 고인의 손길을 느껴보는 것도 나쁘지 않겠다 싶었지만, 부동산 중개인은 '터가 안 좋을지 모른다'는 말로 겁을 주었다. 죽음은 풍수와 관계없이 일상적으로 찾아오는 것이 아니었던가. 하지만 찜찜한 기분이 들어 그 집을 뒤로하고 두 번째 집으로 향했다. 그곳은 죽음에 거의 다가간 한 노인이 살던 곳으로 텅 비어 있었다. 사연을 들어보니 노인이 중증 치매를 앓아 요양원으로 옮겨졌고 이에 자식들은 집을 처분하고자 구청 직원을 대동해 서류를 준비하고 있었다. 나는 잘 살아보려고 집을 찾아다니지만, 거기서 하나의 죽음, 또 하나의 거의 꺼져가는 생을 마주했다. 러시아 소설가 류드밀라 페트루셉스카야가 「집의 비밀」에서 묘사하듯이 오래된 집들만 "뭔가 비밀을, 목소리들의 잔향과 누군가의 죽음을"※ 감추

※　류드밀라 페트루셉스카야, 『시간은 밤』.

고 있는 것이 아니다. 이제 막 지어진 집조차 아직 시간을 축적하기도 전에 죽음을 맞이한다.

"늙어가는 사람에게 세상이 등을 돌린다는 말은 진실이다." 나는 이 말을 일하면서 종종 느낀다. 이때 등을 돌리는 주범은 나이고, 외면을 당하는 이들은 과거에 화려한 이력을 자랑했으나 이제는 늙어버린 작가들이다. 편집자들은 늙은 저자에게서 눈을 거두어 젊은 신예 작가들에게 애정을 쏟곤 한다. 그런데 가끔 만나는 어른들은 젊음과 늙음을 저울질하는 이런 나에게 죽비 소리같이 어떤 깨달음을 준다. 얼마 전 북한산을 같이 걸은 칠십대 시인의 말들은 비교적 젊은 동행들을 각성케 했다. 노년에 그의 독서는 『논어』 『주역』 『장자』 등 고전으로 좁혀지고 있다. 몇 제곱미터 안 되는 단출한 작업실에서 하루 대부분의 시간을 보내는 그의 말 하나하나에는 열매가 들어 있었다. 실로 놀라운 기분으로 맛본 과육의 풍성함이어서 우리의 산행은 정신적인 양분으로 넘쳐흘렀다. 그것은 세상을 집중해서 오래 살아본 사람만이 전해줄 수 있는 단단한 확신들이었다.[xx] 헤어질 때 그의 마지막 말은 이랬다. "살면서 우리가 다시 만날 일은 아마 거의 없겠죠." 우리 동행들은 말로 하

[xx] 이는 세월의 흐름에 당연하게 획득되는 특징은 아니다. 노년의 소크라테스는 전문 낭송가이자 노래와 춤에 능하고 시를 잘 지었으며, 유창한 토론가이자 대화자로 이름을 날렸고 당대의 가장 뛰어난 사상가들과도 경쟁해 이긴 사람이었지만, 이건 나이가 들어 자연스레 그리되었다고 하기 어렵다.

진 않았지만 살면서 한두 번 더 만날 수 있기를 빌었다. 거장의 말년이 보여주는 어떤 힘 있는 모순을 목격하길 기대하면서.

5 늙어간다

시대와 엇박자를 낼 것

에드워드 W. 사이드, 『말년의 양식에 관하여』

청년과 중년에 속한 사람들은 말년을 '대상'으로 바라본다. 특히 청년은 노년의 지성을 경외하면서도 이따금 왜 저런 식으로 쓰거나 말할까 혹은 왜 변할까 의구심을 품는다. 이를테면 낭만주의자로 마르크시즘에 입문했다가 떠난 앙리 르페브르처럼, 얼마 전 작고한 김지하 시인처럼……. 에드워드 W. 사이드의 『말년의 양식에 관하여』는 정점을 지나 왜 그와 같은 말년이 되었을까를 곱씹게 하는 몇몇 거장에 관한 책이다.

이 책은 말년을 완성의 단계로 보지 않는다. '말년의 양식'이라는 용어는 사실 테오도어 W. 아도르노에게서 가져왔는데, 성숙함이나 초현세적 차분함과는 다를 뿐 아니라 노쇠의 결과일 수도 없다. 말년의 양식은 한마디로 시대착오, 예외, 비타협, 난국, 풀리지 않는 모순이다. 난국에 처해 화해 불가능을 보여준 아도르노, 리하르트 슈트라우스, 장 주네, 람페두사, 모차르트 등이 이 책의 주인공이다.

말년성^{性}은 '망명성'으로 치환될 수 있다. 즉 현재 속에 거하지만 현재에서 벗어나 있는 시대착오성이며, 화해 불능이다. 사실 우리는 "한 인간의 삶의 건강이 얼마나 시간에 잘 호응하는가에 달려 있다고 생각"하며, 모든 것에는 때가 있어 젊은이의 행위를 노인이 하면 부적절하거나 추하다고 여긴다. 하지만 사이드는 순응, 조화 따위에 관심 없다. 그가 초점을 두는 것은 "의도적으로 비생산적인 생산력을 수반하는" 조화롭지 못하고 평온하지 않은 긴장이다. 그러니 독자인 우리도 경력을 쌓아 완성을 이루는 가운데 조화로운 말년을 기대하기보다는 독자와 관객을 당황케 하고 불안에 빠뜨리는 이들을 쫓아가보자. 예컨대 아도르노에 따르면, 베토벤의 말년의 음악을 들을 때 예술가의 임박한 죽음을 떠올리면 그 예술의 진면목을 느낄 수 없다. 물론 죽음은 바투 다가와 있지만, 주목할 것은 "장식적인 트릴과 종지, 피오리투라" 같은 장치, 미적인 것의 권리다. 소나타 31번에서 오프닝 주제가 투박하게 제시되고 트릴 이후 "둔탁한 반복 음형의 반주"가 나오자 아도르노는 그런 원시성이 말년의 특성이라고 짚어낸다. 마치 미완성인 듯하고, 종합은 없이 몸부림치며 포착하지 못한 흔적만 남는다. 그것은 다른 말로 하면 '주관'이다.

현실에서 우리가 부고를 들을 때는 물론이고 일흔이 넘어 100세까지 사는 창작자들을 볼 때 흔히 빠지기 쉬운 함정은 그들이 젊은이 같은 원기 왕성함, 세상과 불화하

지 않는 모습, 어른다운 너그러움을 갖췄으리라 여기는 것
이다. 이를테면 철학자 김형석이 100세 넘어서까지 조화
로워 보이는 삶을 사는 것을 대중은 롤 모델로 삼는다. 만
약 말년의 모습이 모순과 혼란, 반복, 미완숙이라면 우리
는 "그 노인네가 어쩌고저쩌고"라는 말을 내뱉을 것이다.
나는 작가 몇몇의 말년성이 세상과의 '화해 불가'로 치달을
때 좁쌀만 한 이해심과 일반 대중의 반응에 대한 심려로 그
어긋남을 끝까지 받아들이지 못한 적이 한두 번 있다. 책이
나 예술이 추구하는 바가 꼭 조화로움은 아닐 텐데, 끈질
긴 반복과 까탈스러움과 불화를 접하다 보면 이내 좀 더 매
끄러운 길로 가고 싶어진다. 파국이 두려워서. 아도르노와
같은 말년성을 보인 작가 역시 '통일성'이라는 전체를 공격
하며 "전기적, 서술적, 일화적 연속성"을 파괴한다. 두려
운 것은 이 세 단어를 편집자들은 곧잘 금과옥조처럼 여긴
다는 점이다. 연속적인 흐름, 짜임새 있는 이야기, 드라마
같은 실화는 너무나 소중하지 않던가.

　　사이드가 이 책에서 다루는 말년성의 인물들은 반
복, 퇴행, 추상과 같은 단어와 어울린다. 리하르트 슈트라
우스의 〈카프리치오capriccio, 변덕스러움〉 등이 바로 말년의
작품이다. 글렌 굴드 역시 슈트라우스의 말년성을 꿰뚫어
보는데, 그것은 "시간 순서대로 음악이 발전해가는 단순
한 도식을 당당히 내던진 것"이다. 왜냐하면 삶은 인과적
인 것이 아니고 연대기적으로 발전하는 것도 아니기 때문
이다. 물론 말년의 작품들은 유행과 거리가 있기에 현실이

잡스러운 소음으로 가득하면 이들 작품은 침묵한다. 슈트라우스의 경우 역사를 대하는 19세기적 태도와 거리를 두었다. 당시는 역사가 보편적 서사를 체현한다고 생각하는 것이 주류였는데, 리하르트 바그너의 〈니벨룽의 반지〉에서 신화, 집단적·종족적 기억 등이 역사 체계에 복무하는 것으로 나타난 것이 대표적인 예다. 역사가 보편 서사를 대표하는 것을 거부한 책은 또 있다. 모드리스 엑스타인스의 『봄의 제전』은 대부분의 전쟁사가 군사 전략과 전술의 텍스트를 참조하는 것과 달리 문학과 예술 텍스트를 직조해 전쟁사를 완성했다. 거기서는 작품과 편지 자료가 줄거리의 바탕이 되는데, 국가적 주체와 달리 이들 사사로운 텍스트가 진실에 한발 더 다가가 있으리라는 기대 때문이고, 그렇게 서술된 텍스트는 전쟁을 현대가 탄생되는 정신사적 전환점의 하나로 조명하는 데까지 나아갔다. 사이드는 슈트라우스의 음악이 아도르노처럼 "사람을 불안하게 하는 구석이 있"고 "시대의 흐름을 따라가지 못"해 역행성을 띠지만(그럼에도 슈트라우스 음악의 불편함은 긴장감을 조성하는 부류가 아니다. 오히려 긴장이 없고 흥분도 없으며 기교적으로 완벽하다는 것이 특징이다), 이것이 바로 슈트라우스의 말년적 특징이라고 짚어낸다.

　　이 책으로 죽음, 노년을 읽으려 한다면 독자는 실패할 것이다. "말년의 양식에는 부르주아의 노화를 두고 보지 않고 계속 거리 두기와 망명과 시대착오의 감각을 고집하려는 긴장이 본질적으로 내재해 있다." 특히 아도르노와 같은 작가는 독자와 타협하지 않았다. 그는 한발의 양보 없이 어떤 움직임, 진보, 진전도 '황산을 뿌려대는 뿌리개처럼' 공격해댔다. 즉 성숙과 말년은 어긋난다.

　　말년의 작품이 화해 불능과 충돌성이라 하여 미학적으로 완전성이 덜하리라 생각하면 오해다. 장 주네를 떠올려보면 알 수 있다. 주네라는 사람은 자신을 거의 버리는 포용력, 사물을 집중해서 꿰뚫어 보는 힘 등으로 요약된다. 특히 서구 지식인 대부분이 유대인 편에 설 때 그는 아랍인을 편애하는 당파적 감정을 내보였는데, 이런 감정은 그의 말년의 작품에 주로 새겨져 있다고 한다(나는 아직 주네의 작품을 읽지 못했는데, 이 글을 쓰면서 그의 『사형수』를 봤다). 그 감수성이란 길들여지지 않는 독특한 무엇이지만, 투쟁하고 정체성을 와해시키려는 주네의 시도는 가장 단정하고 정연한 프랑스어 문체로 표현된다. "주네의 유목적 에너지는 정확하고 우아한 언어 속에 들어앉아 있다." 이런 주네를 만난 것은 사이드에게 행운이었다. 만약 그를 그때(1970년) 만나지 못했더라면 사이드는 이런 느낌을 영영 느끼지 못했을 것이라고 말한다.

　　주네와 관련해서는 특히 정체성 문제를 고민해볼 필요가 있다. 우리가 살면서 늘 획득하려는 것은 정체성이다. 하지만 주네가 보기에 정체성은 "더 발전한 사회가 자신보다 못하다고 판결된 사람들을 짓밟고 그 위에 자신을 부과하는 과정"이다. 주네는 우위에 서기를 거부하며 관광객을 자처한다. 이는 정체성 정치identity politics인 제국주의에 저항하는 지식인의 입장이기도 한데, 사이드는 주네를 옹호하는 한편 카뮈를 비판한다. 카뮈는 초라하기 때문이다. 제국주의가 득세하던 시절, 카뮈의 작품은 "겁을 집어먹은, 그래서 너그럽지 못한 마음의 필사적인 몸부림"일 뿐이었다. 시대적 상황을 염두에 두면, 독자들은 카뮈가 냉담하고 편파적이며 무능한 지식인이었음을 다시 한번 되새기게 된다. 반면 "주네는 영원함이나 부르주아의 안정성에서 뭔가 좋은 것이 나올 수 있음을 신중하게 거부하는 입장"이었다. 움직임, 개혁, 발전이 말년성의 특징과 어긋나듯, 이 책은 주네의 목소리를 통해 독자 귀에 대고 속삭인다. 서사와 기억에 의심을 품어! 강렬한 미적 경험을 무시해!

『말년의 양식에 관하여』에는 아도르노의 숨결과 인식이 곳곳에 뿌려져 있다. 아도르노가 말년성을 먼저 탐구했고, 사이드가 그를 추종하며 아도르노뿐 아니라 거장들의 말년성을 탐구했기 때문이다(사이드는 아도르노가 '시대와 어긋나려고 발버둥 쳤던 말년성 그 자체'라고 말한다).

이 책은 지성 중에서도 가장 뛰어난 지성인들의 말년성을 고찰한 데다 많은 음악을 다루고 있다. 그 음악들 역시 뛰어난 논리성을 음률로 구성해낸 것이기에, 쉽지 않은 작가들을 포기하는 일 없이 그들이 끝까지 밀고 나가려 했던 바를 독자들도 함께 따라가보도록 권한다. 특히 회귀나 수렴, 진실 같은 것 없이 마지막까지 마찰과 불협화음으로 엇박자를 내는 이들의 작품은 삶과 죽음이 한쌍을 이뤄

인간의 기저를 구성할 때부터 이미 우리에게 내재된 말년성을 예시하고 있을지도 모른다고 넌지시 일러준다.

차가운 현재와 미래보다는
과거로

존 밴빌, 『바다』

독서는 우정에 의해서도 이루어질 수 있다. 존 밴빌의 『바다』를 6년 전에 읽었지만, 형진이가 이 책을 본 뒤 선물로 주어 다시 펼쳤다. 이번에는 그가 그은 밑줄을 통해 그의 마음을 짐작하면서 읽었다. 이즈음 나는 모리스 블랑쇼의 『우정』을 보던 중이었는데, 블랑쇼가 조르주 바타유를 비롯해 몇몇 우정을 삶에 새겨 넣을 수 있었던 것은 서로의 글쓰기, 독서, 학문, 서신을 통해서였고, 삼십대 이후의 내가 갖게 된 우정 역시 대체로 책과 글, 이메일(가끔 편지)이 매개가 돼주었다. 그것들이 아니었다면 우리는 아무 사이도 아니었을 것이다.

『바다』의 일인칭 화자 맥스 모든처럼 나이가 들면 많은 이의 자아는 졸가리만 남아 빈약해지는 데다 너무 가벼워 때로는 둥둥 떠다니는 것 같다. 떠다닌다 함은, 마치 유령 같아 이 세상과 저세상 중 어디 속해도 이상할 것 같지 않은 존재의 희미함을 뜻한다. 이 책은 아내 애나가 죽자 어린 시절 고향 마을로 돌아와 머릿속을 헤집듯 사랑했던 두 여자(코니 그레이스 부인과 그의 딸 클로이)를 떠올리고, 시답잖은 자기 자신을 직면하는 가운데 죽은 아내와의 관계를 계속 상기하고, 덩치 크고 예쁘지 않은 딸(그러나 예술로 일가를 이룰 듯해 내 욕망이 투영되는 애정하는 딸)과의 작은 부딪침이 이어지고, 주변 몇몇 인물과 엮이는 비루한 일상 속에서 한 사람의 생이 점점 소멸해가는 것을 그린다.

　　나보다 예닐곱 살 많은 형진은 처음 만났을 때 정력적으로 일하던 프리랜서였지만, 해를 거듭할수록 일이 조금씩 줄었다. 그에게서는 늘 나보다 한발 앞서 나이 먹는 사람의 모습이 엿보였다. 나이 들면 과거를 더 많이 회상하고, 세상에 끼워 맞췄던 것에서 벗어나 원래 자신의 성향을 찾아가곤 한다. 형진은 자신과 비슷한 생각을 하는 맥스의 이런 문장에 줄을 쳐두었다. "돌아보면 내 에너지의 많은 부분은 늘 피난처, 위안" 같은 것을 찾는 데 흘러 들어가 버렸다. "전에는 나 자신을 단검을 입에 물고 다가오는 모든 사람과 맞서는 해적 같은 사람으로 보았다." 하지만 알고 보니 "숨겨지고, 보호받는 것"이 진정 원하던 바였다. 맥스는 미술책 저술가이고, 형진 역시 미술 관련 글을 써왔다. 둘의 공통점은 더 있다. 댄디한 면모가 있지만 사실 시골 바닷가 마을 출신이다. 또 사물에 대해 예리한 감수성을 지녔고, 한때는 세상에 맞설 자신이 있었지만 지금은 많이 수그러들어 뒤로 한 걸음 물러나 있는 모습이다. 나이 든 부류의 사람들은 "손을 비벼 차가운 현재와 더 차가운 미래를 털어내며" 자꾸만 과거로 돌아간다. 반면 몇 살 어린 나는 형진과 있을 때 주로 현재와 미래 이야기만 했다. 내 관심사는 늘 현재였고, 미래 또한 손에 잡힐 듯 눈앞에 놓인 현재로 여겨졌기에 대화하는 와중에도 서로의 말은 대상 없이 튕겨져 나가곤 했다.

이처럼 나이 먹는 자의 왜소해지는 몸과 마음을 목격하는 사람은 같은 시각 같은 장소에 있지만 상대를 그저 짐작만 할 뿐이다. 나는 형진이 더 넓은 바깥세계와 접촉하길 바라며 묻는다. "책을 써보는 건 어때요?" "죽기 전에 한 권은 출판하고 싶어." 그러자 나는 갑자기 편집자 모드가 되어 마음속으로 셈을 한다. 죽기 전에 책을 쓴다는 것은 무책임하다. 한창때에 써야지. 죽은 초보 작가를 누가 읽겠는가. 게다가 저자는 홍보활동도 못 하고. 책은 유품이 아니다……. 물론 이런 말을 내뱉진 않는다. 하지만 그가 반보 내딛고, 그다음엔 두세 발 성큼 내디뎌 미래를 따뜻하게 맞아주길 바란다. '시간'은 차가운 것이 아니라 우리 관계가 이만큼 쌓이도록 해준 인간적인 것 아니었던가.

형진은 또 이런 단어에 밑줄을 쳤다. "늦가을" "호기심이 사라진 상태" "낙엽들이 허둥지둥 달려가고" "요즘 나는 세상을 조금씩 재서 섭취해야 한다". 형진과 비슷한 연배의 지인인 강성연의 글에도 이런 분위기가 짙어, 때로는 그녀 주변에 낙엽이 수북이 쌓인 것 같고 곧 겨울이 올 것만 같다. 지난 40년간 감기 한 번 걸리지 않았다고 말하는 팔십대의 어떤 의사가 한 인터뷰 내용도 그리 와닿지 않지만(스트레스를 받지 않는 게 건강 비결이라는데, 그런 그의 생활은 주변 사람들의 무수한 수고로 이루어졌을 것만 같다), 너무 빨리 가을을 맞는 듯한 두 사람의 마음도 내게는 죽음처럼 멀리 있는 것만 같다. 아직은 현재와 미래 속에 첨벙 뛰어들고 싶은 마음, 좀 더러운 세상이라도 기꺼이 손을 넣어 오물이든 피든 묻히고 싶은 마음이 내겐 있기 때문이다. 풍경, 사람, 사물, 현재에 거리를 둔다는 것은 가장 비현실적인 일처럼 느껴진다.

둘 사이의 이런 인식과 생활 방식의 격차는 관계를 어떤 방향으로 이끌까? 조금 벌어질까, 아니면 나와 그가 서로 맞춰갈까? 미술책 작가 맥스는 일에 대한 관점을 곳곳에서 드러낸다. "우리, 내가 말하는 종류나 부류는 전문적이지 않으면 아무것도 아니다. (…) 부지런함만으로는 결코 충분하지 않다." 많은 종류의 일이 전문적이지 않으면 아무것도 아닌 게 된다. 특히 창작하는 부류, 그림을 그리거나 미술비평을 하거나 책을 쓰는 사람들이 그렇고, 무용하는 이들도 창작 정신이 제대로 발휘되지 않는다면 운동하는 신체에 불과하다. 현실 속의 많은 우정은 일을 매개로 생겨나기에 관계에서 서로가 게으르지 않아야 하는 것은 물론이고, 자기 삶에서도 나태하지 않아야 한다. '부근의 소실'이라는 개념으로 이름난 인류학자 샹뱌오項飆는 자기 인생의 황금기를 싱가포르대학교에서 방문 연구자로 지냈던 시기로 꼽는데, 그 시절 뛰어난 예술가들과 교류하며 학문과 예술의 접점들을 만들었기 때문이다. '예술가'와

'학자'라는 이질성이 새로운 우정을 가능하게도 해주었지만, 각자가 갈고닦은 기량의 '탁월함'이 관계를 오랜 기간 지속시켜주었을 것이다.

　　　다른 이들의 글을 편집하는 나는 자신의 직업을 작가의 그림자와 같은 존재라 비유하고, 더 나은 보조자가 되기 위해 같은 작가의 글을 세 번 이상 읽는다. 반복해서 읽으면 마치 내 것이 될 수 있는 것마냥. 하지만 완전히 내 것이 되었는지 확신할 수 없다. 그리하여 저자와 편집자의 관계는 (우정은커녕) 쉽게 끊어질지 모른다고 생각한다. 타이완 작가 탕누어나 철학자 김영민의 책을 읽을 때면 나는 온전히 소화했다는 느낌이 들지 않는다. 『역사, 눈앞의 현실』은 탕누어의 사유가 잘 드러난 역작인데, 나는 이 책이 다루는 『좌전』을 읽지 않은 채 2차 텍스트인 그 책을 읽었다. 과연 다 이해했다고 할 수 있을까.

　　　책 읽기는 현실 속의 수많은 사람, 상황을 떠올리게 한다. 맥스는 어릴 적 불행한 환경에서 자랐다. 맥스의 아버지는 돼지비계 같은 몸을 가지고 있었고, 어머니도 뚱뚱하고 작고 헐벗은 사람이었다. 부모는 하층계급에 속했고 자주 다퉜다. "나의 가엾은 부모의 모습이 보인다. 그늘의 불행은 내 가장 어린 시절의 상수常數 가운데 하나였다." 이 문장에서 잠시 눈을 멈춰 두 사람을 떠올린다. 가사 도우미 이성미 씨와 김미희 작가다. 폭력과 차별과 업신여김 아래서 과거에 불행했고 현재에도 자주 그런 상태에 놓이는 이성미 씨는 부모의 불행이 뿌린 씨앗이 아직은 생활 반경에 놓인 케이스다. 부모를 보지 않고 산 세월이 길었고, 그사이 아버지는 돌아가셨다. 한편 김미희 작가는 다른 삶을 개척했다. 불행의 원인이 된 아버지를 미워하지 않고 넘어선데다 새로운 삶의 문을 스스로 열어젖히는 중이다. 어린 시절의 상수는 성년이 되어 변수가 되거나 공식에서 사라지기도 한다.

이 소설은 아주 먼 과거의 기억으로 매 페이지가 채워져 있지만, 가까운 과거 즉 아내가 죽기 전 둘 사이의 관계도 자주 회상된다. "고함, 비명, 날아다니는 접시, 우연한 따귀……" 그럼에도 부부 사이는 나쁘지 않았던 듯하고, 아내를 잃은 맥스는 영락없는 홀아비가 되어 끈 떨어진 연처럼 원래의 낮은 출신 성분으로 하락하는 것 같다. 타고난 댄디로서 자신한테 부족한 것은 '자산'밖에 없다고 생각한 그는 잘사는 애나를 만나 신분 상승을 했고 그런대로 삶을 잘 꾸려온 것 같다. 우연히 이 구절을 읽을 때 나는 남편에게 비난을 듣고 있었다. "너 예민한 거 더는 못 참겠어." 우리 사이에는 폭력도 욕설도 없고 냉소와 불평만이 오갔지만, 맥스와 애나처럼 살벌했다. 이런 무너지는 심경 속에서 책 읽기는 눈으로만 이뤄질 뿐 그 의미와 문맥들은 산산이 흩어진다. 하지만 그는 나를 가장 도와주고, 이해하고, 먹여주던 이가 아니었던가. 어떻게든 수습을 해야 한다.

사실 맥스는 엄청난 자기 비하를 안에 감춰두고 있었다. "나의 일부는 마음이 더러운 작은 짐승" "의자에 구

부정하게 앉아 있는 (…) 거대한 원숭이" "나는 늘 독특하게 아무것도 아닌 존재". 노년에 접어들고 배우자가 죽으면 사람은 원가족의 출신대로 쪼그라드는 걸까. 가정교육이 부여한 정서, 관념, 계급적 출신으로? 노동자계급에서 태어나 뛰어난 지식인이 된 디디에 에리봉이 결국 고향 랭스로 되돌아가 오랫동안 회피해온 가족에 대한 서사 『랭스로 되돌아가다』를 쓴 것처럼.

　　『바다』는 온통 기억에 관한 서술을 하고 있다. 빛, 냄새, 색깔, 살(육체), 마음…… 그 와중에 그림 보는 눈이 있는 맥스는 사물과 사람을 예리하게 관찰하고 아름답지 않은 이미지들에 맞닥뜨릴 때면 모래를 씹은 것처럼 불쾌감을 노출한다. 그의 날카로운 시선에 '번'과 같은 뚱뚱한 사람들은 여지없이 걸려들어 일거수일투족이 관찰 대상이 되는데, 어느 날엔 뚱뚱해서 어리석을 것 같은 번에게 도리어 자신의 비루한 속마음을 들킨다. 살면서 경멸해온 것들이 인생 말년에 그대로 되갚아지는 것을 맥스의 삶은 여러 번 보여준다. 그렇다면 결국 한 발짝도 움직이지 못한 것일까. "우리는 결코 자라지 않는다"는 맥스 자신의 독백처럼. 아니다, 맥스는 아내에게서 '왜 당신은 자기 자신이 되려 하지 않아?' 같은 말을 들었듯이, 자라지 않았다기보다는 한 번도 자기 자신이 되지 않았는지 모른다. 그의 부모가 심어놓은 불우한 환경으로 그는 개성이란 걸 가질 기회가 없었고, 첫사랑 클로이와 사귈 때조차 그는 종종 자신이 '부재'한다고 느꼈을 뿐 아니라 수십 년 함께한 아내에게마

저 자신의 본모습을 보여주지 못했으니.

주인공은 때로 응석받이처럼 군다. 아내의 임종 즈음에는 자신을 달래줄 커다란 젖병이 필요하다고 말하고, 딸에게는 자신이 모든 과거를 살얼음판을 기어가듯 조심스레 지나가게 해달라고 외친다. 과거에는 맥스도 수많은 가지를 뻗어냈기에 가지마다 다가가 세밀히 관찰하며 색깔도 살짝 덧칠한다. 사실 생이라는 게 마음속에서 가지치기를 하는 작업이나 다름없지만, 한때 사랑이었던 그 가지들은 말라 죽었고, 이제 몸통만 남은 나는 죽은 가지를 기억하며 이고 갈 뿐이다. 아니, 맥스의 말처럼 "진짜 과거는 우리가 그런 척하는 것만큼 중요하지가 않"을지도 모르며, 평생 함께한 아내 애나를 점점 잊어버리듯 아주 얕고 서툴게 서로를 알다가 끝내 잊게 되는 건지도 모른다. 하지만 잊는다고 해서 기억이 사라지는 것은 아니다. 기억은 종종 망각을 뚫고 올라오며, 수시로 존재감을 드러내 독자를 몹시도 괴롭힌다.

　　작가들은 꽤 자주 불행하다. 낮의 환한 세계를 살고, 저녁 파티에도 이따금 모습을 비치지만 그런 것을 글감으로 삼는 이는 드물다. 대신 자칫 나의 어둠이 될 뻔했던 이웃과 세계의 절망, 눈 하나 없는 것, 절뚝이는 것, 걸레가 되어버린 것을 가만 들여다보며 자기 몸에 걸친다. 착 달라붙은 그것들은 어느새 제 몸에 꼭 맞는다. 전기작가 알랭 비르콩들레는 마르그리트 뒤라스가 유대인이 되었다고 말한다. "유대인은 이 세계의 비밀스러운 노래를 들을 수 있다. 이러한 추방의 대가 없이 세상은 아무것도 보여주지 않는다."[*] 뒤라스는 추방되고 쫓겨나고 강제 수용되는 유대인에게 동화되어 훤히 볼 수 있었고, 세계의 이유를 들을 수 있었다.

　　독자는 작가만큼 어둡게 살지 않아도 된다. 작가가

[*]　　알랭 비르콩들레, 『뒤라스를 위하여』.

꼼꼼하게 자신의 기억 흔적으로 작품을 창조하면 그걸 자기 기억과 맞물어 읽으면 된다. 독자는 창조의 고통보다 해독하는 수고로움 정도만 감당하면 그만이다. 가끔 독자들은 몰이해를 드러내기도 한다. 작품 속 어둠이 너무 시커멓기에 그럴 수밖에 없다. 이에 작가들은 때로 반론하고 독자를 무시하고 잊어버리려 하지만, 결국 "가족처럼 생각"[x]한다.

하지만 독자들 역시 사느라 힘겹고 바쁘다. 생활세계의 구체적인 물질들을 생산하는 데 분주하기도 하지만, 옆집 노인의 숨이 아직 붙어 있나 들여다보고, 공원 낙엽을 비질하고, 우는 아기를 업고 먹이고, 어느 주말 한순간 재가 되어버린 청년들을 애도하느라 시간을 다 흘려보낸다. 그들도 쉽지 않은 시간을 보낸 것이다.

글 쓰는 것은 시간을 낭비하고 우회하는 행위다. 할 일 속으로 곧장 뛰어들지 못하고, 삶의 어느 지점에서 멈춰 기웃거리다가 이런저런 순간과 기억을 지연시키며 며칠씩 흘려보낸다. 쓰는 이들은 점점 더 비효율적이 되어가고, 바로 여기에 글쓰기의 구원이 있다.

저자는 누군가에게 등 떠밀려 그런 삶을 살게 된 것이 아니고 스스로 선택한 일이며, 소진되고 꺼져가는 가운데 글쓰기 행위 자체에서 가치를 얻는다. 구원받은 작가가 비밀스러운 이야기를 포착해 노래로 들려주면 우리는 그

---

[x]   같은 책.

예술을 감상한 뒤 거기서 주워 모은 단어들을 제 삶으로 끌어들이면 충분한 것이다.

　끝으로 감사한 분들께 몇 자 적는다.

　내 삶에 나타나준 모든 이에게 고맙다. 나 아니고 다른 사람을 선택할 수도 있었을 텐데, 어쩌면 그편이 훨씬 더 나았을 수도 있는데, 그들은 오래 곁에 머물렀다. 악역으로 등장한 이들이 드물게 있었다. 하지만 검정의 시간이 지나자 황폐한 역할을 떠맡았던 그들 속으로 들어가 관찰해볼 여유도 생겼고, 마침내 내 삶의 일부로 받아들이게 되었다. 살면서 함께했던 모두가 이 책을 이루는 지반이 돼주었다.

　텍스트 바깥의 산만하고 획일화된 삶을 작품으로 끌어와준 작가들에게 존경의 마음을 보낸다. 이 책은 그들의 책에 바치는 헌사로 되도록 내 언어로 치환하고자 노력했고, 따라서 부분적으로 인용한 내용은 출처 표기를 하되 일일이 쪽수 표시를 못 했다. 널리 이해를 구한다.

　첫 번째 책에 이어 두 번째 책까지 내준 마음산책에 감사의 마음을 전한다. 이 책은 언론중재위원회의 잡지와 웹진에 '책의 밀도'라는 연재명으로 글을 실으며 구상하게 되었다. 지면을 내주고 독자의 반응을 전해준 김정민 선생님에게 많은 빚을 졌다.

　기억 속에서만 재료를 꺼내 쓰기엔 부족해 몇몇 분에게 인터뷰를 요청했더니 그들은 기꺼이 글 속에서 삶을 연장하겠노라고 마음먹어주었다. 그 마음이 귀하다. 끈기 있는 독자가 될 수 있도록 키워준 부모님, 그리고 내 좁다란 정서가 확장될 수 있도록 늘 한발 앞서 사는 방법을 보여준 남편 강성민에게도 다정한 인사를 건넨다.

맺음말

참고 문헌

김미희, 『문 뒤에서 울고 있는 나에게』, 글항아리, 2019.

김영민, 『옆방의 부처』, 글항아리, 2021.

———, 『적은 생활, 작은 철학, 낮은 공부』, 늘봄, 2022.

김지양, 『몸과 옷』, 66100PRESS, 2021.

넬라 라슨, 『패싱』, 박경희 옮김, 문학동네, 2021.

데버라 리비, 『살림 비용』, 이예원 옮김, 플레이타임, 2021.

도널드 리치, 『도널드 리치의 일본 미학』, 박경환·윤영수 옮김, 글항아리, 2022.

디노 부차티, 『타타르인의 사막』, 한리나 옮김, 문학동네, 2021.

레슬리 제이미슨, 『공감 연습』, 오숙은 옮김, 문학과지성사, 2019.

로베르 에르츠, 『죽음과 오른손』, 박정호 옮김, 문학동네, 2021.

로베르트 발저, 『산책』, 박광자 옮김, 민음사, 2016.

록산 게이, 『헝거』, 노지양 옮김, 사이행성, 2018.

루트비히 비트겐슈타인, 『비트겐슈타인의 1930년대 일기』, 하상필 옮김, 필로소픽, 2016.

룰루 밀러, 『물고기는 존재하지 않는다』, 정지인 옮김, 곰출판, 2021.

류드밀라 페트루솁스카야, 『시간은 밤』, 김혜란 옮김, 문학동네, 2020.

리베카 솔닛, 『길 잃기 안내서』, 김명남 옮김, 반비, 2018.

리처드 세넷, 『살과 돌』, 임동근 옮김, 문학동네, 2021.

리처드 파워스, 『오버스토리』, 김지원 옮김, 은행나무, 2019.

마사 C. 누스바움, 『감정의 격동: 사랑의 등정』, 조형준 옮김, 새물결, 2015.

모드리스 엑스타인스, 『봄의 제전』, 최파일 옮김, 글항아리, 2022.

서보 머그더, 『도어』, 김보국 옮김, 프시케의숲, 2019.

시어도어 젤딘, 『인간의 내밀한 역사』, 김태우 옮김, 강, 2005 (개정판: 어크로스, 2020).

아글라야 페터라니, 『아이는 왜 폴렌타 속에서 끓는가』, 배수아 옮김, 워크룸프레스, 2021.

아먼드 단거, 『사랑에 빠진 소크라테스』, 장미성 옮김, 글항아리, 2022.

알랭 비르콩들레, 『뒤라스를 위하여』(가제), 이은숙 옮김, 글항아리,
　　　　2023년 출간 예정.

알렉시 드 토크빌, 『미국의 민주주의』(전 2권), 임효선 · 박지동 옮김, 한길사,
　　　　2002.

앤 보이어, 『언다잉』, 양미래 옮김, 플레이타임, 2021.

얀 그루에, 『우리의 사이와 차이』, 손화수 옮김, 아르테, 2022.

어빙 고프먼, 『스티그마』, 윤선길 · 정기현 옮김, 한신대학교출판부,
　　　　2018(개정판).

에드워드 W. 사이드, 『말년의 양식에 관하여』, 장호연 옮김, 마티, 2012.

에릭 캔델 · 래리 스콰이어, 『기억의 비밀』, 전대호 옮김, 해나무, 2016.

엘리자베스 로즈너, 『생존자 카페』, 서정아 옮김, 글항아리, 2021.

옌롄커, 『침묵과 한숨』, 김태성 옮김, 글항아리, 2020.

올가 토카르추크, 『태고의 시간들』, 최성은 옮김, 은행나무, 2019.

윌리엄 트레버, 『펠리시아의 여정』, 박찬원 옮김, 문학동네, 2021.

이언 파커 외, 『지젝, 비판적 독해』, 배성민 옮김, 글항아리, 2021.

이탈로 칼비노, 『우주 만화』, 김운찬 옮김, 열린책들, 2009.

_____, 『보이지 않는 도시들』, 이현경 옮김, 민음사, 2007.

장 아메리, 『늙어감에 대하여』, 김희상 옮김, 돌베개, 2014.

제이컵 하울런드, 『키르케고르와 소크라테스』(가제), 박원빈 옮김, 출판사
　　　　미정, 2023년 출간 예정.

조르조 아감벤, 『불과 글』, 윤병언 옮김, 책세상, 2016.

존 밴빌, 『바다』, 정영목 옮김, 문학동네, 2016.

줄리언 반스, 『시대의 소음』, 송은주 옮김, 다산책방, 2017.

_____, 『예감은 틀리지 않는다』, 최세희 옮김, 다산책방, 2012.

지그프리트 크라카우어, 『역사』, 김정아 옮김, 문학동네, 2012.

최은영, 『밝은 밤』, 문학동네, 2021.

치누아 아체베, 『모든 것이 산산이 부서지다』, 조규형 옮김, 민음사, 2008.

캐럴라인 크리아도 페레스, 『보이지 않는 여자들』, 황가한 옮김, 웅진지식하우스, 2020.

캐슬린 제이미, 『시선들』, 장호연 옮김, 에이도스, 2016.

크러스너호르커이 라슬로, 『사탄탱고』, 조원규 옮김, 알마, 2018.

크리스토프 불프 · 군터 게바우어, 『미메시스』, 최성만 옮김, 글항아리, 2015.

클라우디오 마그리스, 『작은 우주들』, 김운찬 옮김, 문학동네, 2017.

폴 호컨, 『플랜 드로다운』, 이현수 옮김, 글항아리사이언스, 2019.

_____, 『한 세대 안에 기후위기 끝내기』, 박우정 옮김, 글항아리사이언스, 2022.

하강산, 『아직 트라우마를 겪고 있지만』, 글항아리, 2020.

한병철, 『리추얼의 종말』, 전대호 옮김, 김영사, 2021.

한스 블루멘베르크, 『난파선과 구경꾼』, 조형준 옮김, 새물결, 2021.

한정원, 『시와 산책』, 시간의흐름, 2020.